KB112089

백돌이 골프클럽

100 Handi Players Golfclub

백돌이 골프클럽

초판 1쇄 인쇄 2013년 12월 20일
초판 1쇄 발행 2013년 12월 27일

지은이 강 병 현
펴낸이 손 형 국
펴낸곳 (주)북랩
출판등록 2004. 12. 1(제2012-000051호)
주소 153-786 서울시 금천구 가산디지털 1로 168,
　　　　우림라이온스밸리 B동 B113, 114호
전화번호 (02)2026-5777
팩스 (02)2026-5747

ISBN 979-11-5585-109-8 03810(종이책)
　　　979-11-5585-110-4 05810(전자책)

이 도서의 국립중앙도서관 출판시도서목록(CIP)은 서지정보유통지원시스템 홈페이지(http://seoji.ni.go.kr)와
국가자료공동목록시스템(http://www.ni.go.kr/kolisnet)에서 이용하실 수 있습니다.
(CIP제어번호 : P2013027739)

백돌이 골프 클럽

강병현 지음

100 Handi Players Golfclub

book Lab

 프롤로그

처음 골프를 접하고 한동안 몰두하던 시절이 있었다. 골프에 무관심했던 와이프는 그러려니 지켜만 보았을 뿐 격려까지 해주는 너그러움은 보여주지 않았다. 친지들께 일상을 이야기하면서 나의 골프 입문에 대해 호평까지 해주는 상황을 기대하지는 않았던 것이다. 명절날 가족들끼리 모인 자리에서 이런저런 대화 중에 골프 이야기가 나왔다. 장모님은 갑자기 생각난 듯이 아주 걱정스러운 표정을 지으며 사정 아닌 애원을 한다.

"강 서방, 그 골프라는 거 함부로 하지 마래이. 큰일 난대이."

평생을 시골에서 가난하게 살면서 논밭만 쳐다보며 목돈이라고는 한번도 만져 본 적이 없는 장모님은, 당시에 골프를 마치 불법 도박이나 마약처럼 중독성 강한 몹쓸 짓으로 알고 있었던 모양이다. 그게 아니라면 뱁새가 황새 따라가는 모양 우리 같은 서민이 어찌 그렇게 돈이 많이 드는 취미를 취할 수가 있겠느냐는 의미일 수도 있겠다.

세월이 지난 지금에는 어느 정도 이해를 하시는 듯하지만 아직도 그 어렴풋한 우려의 분위기는 조금 남아있는 느낌이다. 그러나 이제는 와이프도 골프 맛을 들이고 당신의 젊은 아들도 골프를 즐긴다는 이야기를 듣고 있으니 밤잠까지 설칠 정도의 걱정으로부터는 벗어난 것이 아닌가 생각된다.

아직도 그 에피소드가 생각나는 것은 아이러니하게도 그 중독성이나 몹쓸 짓에 대한 우려만큼은 통찰력 있는 관점이 아니었을까 하는 새로운 생각을 했기 때문이다. 골프의 묘미는 의외로 깊고 특별하다는 것을 알아가고 있는데, 마니아들 중에서 골프의 매력에 너무 몰입한 나머지 일상의 밸런스를 무너뜨리는 경우를 가끔씩 보게 된 것이다. 무엇에나 과함이 있기 마련이고 골프도 예외는 아니라는 생각을 해본다.

예전과 달리 지금의 대중화된 골프는 마음만 먹으면 얼마든지 경제적이고 서민적으로 취미로 즐길 수 있게 되었다. 다양한 경제 수준에 거슬리지 않게 그리고 개인적인 시간 여유에 맞춰 정도껏 즐기면 되는 것이다. 나는 서민골프에 매료되었다. 입문할 때 구입한 중고 아이언세트는 8년이 지난 지금도 그대로 사용하고 있다. 대부분의 주말에는 저렴한 스크린 게임과 연습홀 라운딩으로 채우고 비용이 꽤 들어가는 필드 라운딩은 연간 손가락으로 꼽을 수 있는 정도의 횟수이다.

실력도 오랜 기간 백돌이에 머물고 있다. 백돌이 클럽 회원 자격을 성취하는 것은 잠시였지만 그것을 깨트리고 한 단계 더 성숙하기 위해서는 훨씬 많은 시간이 소요되고 있는 것이다. 혹자는 충고할 것이다. 그것은 시간이 아니라 몰입이라고. 그렇다. 나의 스타일은 게으른 주말 골퍼가 골프모임 자체를 사랑하는 것 정도에 다름 아니다. 아주 조금의 노력으로 많은 재미와 행복을 느끼려는 배짱이 체질인 모양이다. 그래서 백돌이라도 좋다. 백돌이로서의 골프 생활이 매우 즐겁다.

이 시대의 백돌이들, 나아가 모든 골프 동호인들과 체험과 교감을 나누기 위해 책을 써보았다. 경험과 철학, 에피소드를 연결하여 에세이로 묶어 보았다. 초보 작가의 어설프고 소소한 이야기들이지만 독자 분들로부터 조금이나마 공감 받고 위로 받고 때로는 축하해주는 관심을 받을 수 있다면 다행이라고 생각한다. 그리하여 나중에는 더 많은 백돌이들의 그리고 더 많은 골프 마니아들의 허심탄회하고 다양한 경험담을 들을 수 있기를 소원해본다.

전문가다운 편집 아이디어와 문장의 교정까지 수고를 아끼지 않은 대학교 졸업반인 조카 강민철 군에게 고마움을 표시하는 바이다. 대학원에 진학해서도 뜻 깊고 소신 있는 학자의 길을 추구했으면 하는 바람을 전한다. 그리고 골프 경험담을 들려주고 조언을 아끼지 않은 싱가포르의 골프 친구에게 감사를 전한다. 또한 나의 골프를 견뎌주는 가족들과 친지 분들께 사랑을 전한다. 특별히 깊은 통찰력을 발휘해주신 장모님께 배려에 대한 감사함을 전한다. 이 책을 모든 백돌이 클럽 회원 분들께 바치고 싶다.

차 례

4부 갤러리(Gallery) _ 147

5부 벤치마킹: 보기 플레이어를 꿈꾸며 _ 177

부록 인터넷 공감 _ 209

1부_ 멤버십(Membership)

백돌이 클럽

당신은 백돌이인가? 아니라고 주장할 만한 충분한 점수를 내고 있는가? 아니면 겸손하게 그렇다고 인정하겠는가? 여기에 백돌이 가이드라인이 있다. 이 기준에 공감한다면 백돌이 클럽에 이름을 올리자.

백돌이라면 드라이버 티샷을 할 때마다 좌우 오비나 해저드에 들어갈 가능성이 50% 이상이 되리라는 암울한 예감과 상상을 한다. 물론 일부러 그렇게 느낀 것은 아니다. 스스로 위축되다보니 자신감이 떨어진 탓도 있고 골프 자체가 원래 결과를 예측하기 어려운 변화무쌍한 스포츠인 탓도 있다. 그렇다고 실제 성적이 그 불길한 상상 이상으로 저조하게 나타나는 것은 아니다. 만약 절반씩이나 공을 바깥으로 내보내게 된다면 자신이 백돌이가 아닐지도 모른다는 의심이 생긴다.

18홀 경기를 통하여 심한 탑핑이나 뒷땅으로 인한 쪼로 타구를 한두 번은 내주기 마련이다. 드라이버샷만큼은 그럴 확률이 없다는 분이 계신가? 그렇다면 아이언은 어떤지 살펴보셔야겠다. 세컨샷까지 이 부분에서 완전히 자유로운 사람이라면 장담하건데 보기플레이 이상이다. 이런 실수를 두 번 이상 저지르게 되면 백돌이 끄트머리 스코어로 전락하며 실수를 한 번 이내로 제한할 수 있다면 훌륭한 결과다. 다행스럽게도 가벼운 미스샷은 백돌이의 정상적인 플레이에 해당한다. 대부분의 샷은 대개 약간의 뒷땅을 포함하기 마련이며 그래서 거리도 10~20% 정도씩 덜 나는 것이 우리네 백돌이의 보통 샷이다.

백돌이라면 가끔씩은 롱홀에서 우드를 잡아줘야 한다. 전제 조건은 볼이 놓인 라이가 좋아서 클럽헤드가 잔디나 풀을 헤집고 들어가는 어려운 샷이 아니라는 것이다. 아주 훌륭한 볼 라이에다가 그런대로 넓은 페어웨이가 타겟 지역에 펼쳐져 있다 해도 우드샷은 10개중 1개 정도만 목표지점에 정확하게 도달한다. 2개 정도는 거리에 못 미치거나 약간 방향을 비켜간다. 또 3개 정도는 쪼로를 내면서 목표거리의 50% 이상도 전진하지 못한다. 나머지 4개 정도는 제대로 맞지만 엉뚱한 방향으로 날아가서 계곡이나 연못에 떨어진다.

실력에 상관없이 누구나 벙커에는 들어가기 마련이다. 그러나 여기서 한 번에 빠져 나올 수 있는가에 따라 실력이 판가름 난다. 모든 벙커샷을 한 번에 빠져나온다면 백돌이 소리를 들을 까닭이 없다. 물론 벙커샷만 특훈을 받아서 '세상에 이런 일이'에 나올 경지에 이른 백돌이라면 예외겠지만 보통 5개의 벙커샷 중 한 번 만에 빠져나올 확률은 두 번 정도이다. 3개 정도는 두 샷에 빠져나와도 봐줄만 하다. 제대로 빠져 나온 샷 2개 중 1개는 홈런성 타구가 나와 줘도 무방하다. 너무 많이 봐주고 있는가? 100개는 작은 숫자가 아니다.

18홀을 통해 업다운힐 스윙에서 오비 1개와 쪼로성 타구 2개 정도는 내줘야 한다. 백돌이는 이 정도 실수해도 누가 비난하지 않는다. 백돌이의 트러블 샷이라면 업힐에서 연속 우타를 내고 다운힐에서 좌타를 내면서 뒤뚱거리며 언덕 엣지를 타고 전진하는 경우를 곧잘 보는 정도라 하겠다.

러프에 공이 잠긴 경우라면 열에 절반 이상은 탈출만 해도 괜찮다. 나머지 절반의 제대로 된 타격의 볼도 70% 이상은 목표 지점에 턱없이 미치지 못한다. 이 정도면 충분하다. 당신은 깊은 러프라면 질색을 하는가? 그렇다면 1개쯤은 드롭을 할 수도 있다. 용감하게 눈 감고 힘껏 때려내려다가 헛스윙을 하더라도 한 번쯤은 용서된다. 러프샷을 잘 해 낼 수 있으려면 PGA 수준은 되어야 한다.

어중간한 거리의(40~50m) 어프로치 칩샷에서 한두 번쯤은 터무니없는 맨땅 샷을 해줘도 된다. 자랑할 것은 못되지만 1개면 부끄러울 정도도 아니며 2개까지도 용서될 수 있다. 물론 계속 이러한 치욕적인 샷을 선보인다면 스코어 확보는 고사하고 정신 건강마저 해치게 된다.

생크도 한 번쯤은 용서된다. 백돌이의 사전에서 생크를 제외한다면 당구에서 바킹(Barking)을 내지 않는 것과 같다. 그러나 당구의 바킹만큼 자주 생크를 내서는 안 된다. 샷의 횟수가 상대적으로 적기 때문이다. 생크를 두 번 내면 기본기를 의심받는다. 그보다 더 이상 같은 실수를 저지르게 되면 본인은 돈도 잃고 기분도 상하고 동반자들에겐 라운딩의 품격을 떨어뜨린 죄로 따가운 눈총을 받게 된다.

그린 앞 칩샷에서 한 번 정도는 크리켓에서 나올법한 땅볼성 홈런 타구를 내줘야 한다. 홀로부터 너무 짧은 거리의 칩샷은 큰 부담이다. 부드럽고 약하게 소프트 스팟을 볼에 접촉시킬 수 있는 것은 대단한 스킬이다. 아무리 약한 샷이라도 헤드의 모서리로 볼을 때리게 되면(탑핑의 성격) 한정 없이 굴러가서 다시 그린을 벗어난 러프에 올라서게 된다. 백돌이에게 이러한 샷 한두 번까지는 용납될 수 있다.

10m 이상 남은 거리에서의 퍼팅은 꽤 많이 쓰리펏을 해줘도 된다. 열에 7회 정도라고 해두자. 두세 번 정도를 투펏으로 마무리할 수 있다면 행운이다. 2m 이내는 나이스 인 성공 확률이 30% 이상 올라간다. 1m에서 60% 성공률을 보여준다면 백돌이의 자격이 충분하다. 당신은 1m는 무조건 성공시킨다고 장담하는가? 그것이 사실이라면 당신은 퍼팅의 천재이다.

내리막 퍼팅에서 원금보다 이자가 많이 남는 경우도 경험할 수 있다. 이런 실수는 1회 이내로 막아내야 한다. 두 번은 용서되지 않는다. 반대로 장거리 오르막 퍼팅에서는 목표거리의 절반에도 미치지 못하는 경우가 있다. 한두 번 실패할 수는 있지만 이런 좌절스러운 퍼팅을 너무 자주 하면 백돌이의 위상을 갉아먹게 되는 것이다.

파쓰리 홀 4개 중 1개쯤은 티샷을 해저드에 넣어줘야 한다. 2개까지도 큰 문제없다. 그렇다고 이렇게 실패한 홀에서 더블파를 기록해서는 안 된다. 최소한 해저드티에서 온그린하여 투펏 이내로 더블보기 안에서 관리해줘야 한다. 물론 파쓰리 더블파 1개 정도는 해줘도 백돌이의 위상에는 큰 문제가 없다. 어차피 1타 차이니 말이다.

백돌이에게는 2, 3, 4, 5법칙이 있다. 앞에서부터 더블파(파4), 트리플보기, 더블보기 및 보기의 개수다. 컨디션 무너진 백돌이의 평균 기록들로 봐도 무방할 것이다. 양파 2개는 보통의 경우 아주 쉽다. 트리플 3개도 수월하게 범한다. 더블보기 4개도 자주 스코어카드를 장식한다. 보기 5개를 합치면 총 102개 기록이다. 법칙에 포함되지 않은 것은 파와 버디이다. 버디가 나오는 라운딩에서는 당연히 스코어도 100개 안쪽으로 줄어들 것이다. 컨디션이 좋은 날에 파와 보기 개수가 늘어나면 또 몇 개는 줄어들 수 있지만 대략 이 정도가 백돌이 기록의 보수적인 예라고 볼 수 있겠다. 너무 가혹하다고 생각된다면 냉정하게 지난 실제 경기들을 회상해보시라. 일파만파와 멀리건을 제외하고 너무나 우호적인 컨시드 몇 개를 고려한다면 사실에 부합하는 숫자라고 할 만하지 않겠는가.

그렇다면 보기플레이에게도 스코어 법칙이 있지 않을까? 바로 1, 2, 3, 4룰이다. 앞의 법칙처럼 맨 앞이 더블파 개수이고 마지막은 보기이다. 그러면 20개 오버이다. 백돌이 102개 보기플레이 92개. 마음에 들지 않는다면 최악의 스코어라 생각하면 좋겠다. 자 이제 싱글 스코어 법칙도 떠오를 것이다. 바로 0, 1, 2, 3이다. 합계 10개 오버.

반면에 백돌이는 훌륭한 샷을 더 많이 보여줘야 한다. 18홀은 길고 굿샷은 예상외로 많다. 빨랫줄처럼 곧고 호쾌한 드라이버샷을 곧잘 구사해야 한다. 보기나 싱글 플레이어들을 긴장시키는 군더더기 없는 콤팩트한 스윙을 자주 보여주어야 한다는 것이다. 거리는 상관이 없다. 힘 있는 타자라면 240m도 좋고 왜소한 체격의 스윙어라면 190m도 전혀 문제될 것이 없다. 적당한 높이의 곧바른 타구 정도로 충분하다. 힘 있는 드로우성 타구까지는 기대할 필요가 없다. 백돌이라면 그 정도 멋진 샷을 둘에 하나쯤은 성공시켜줘야 한다.

구력 있는 백돌이라면 첫 번째 홀 오너 초이스에서 1번 타자로 선정되더라도 안정되고 당당한 모습을 보여주어야 한다. 신속하게 티를 꽂고 프로의 눈매로 방향을 설정한다. 거침없는 프리루틴 연습샷 한 번에 바로 어드레스로 진입한다. 타겟 페어웨이와 볼을 한두 번 번갈아 봐주는 센스도 필요하다. 그리고는 과감한 스윙 후에 팔로우까지 완성하면서 근사한 포즈를 취한다. 헤드업이 없었으므로 오리무중으로 날아가 버린 티를 정확히 한 번에 찾아내는 것은 덤이다. 이 모든 액티비티가 물 흐르듯 시원스럽게 이루어진다면 더 없는 최상의 플레이이다.

그림 같은 궤적의 아이언샷으로 버디 챈스 4개쯤은 마련해야 한다. 한두 개쯤은 홀컵이 보이지도 않는 원거리 퍼팅이라도 좋다. 두 개쯤은 성공 가능성이 농후한 거리에서 동반자들을 긴장시키는 단거리 퍼팅을 해줘야 한다. 물론 들어갈 확률은 낮아도 상관없다. 한 게임에 버디 1개를 낚아준다면 백돌이 체면을 한껏 세운다. 2경기에 버디 1개꼴도 준수하다. 물론 백돌이에게 버디 성공 차체는 필수가 아닌 선택이다. 그렇다고 1년 내내 버디를 한 번도 못해서야 그 또한 백돌이로서는 함량 미달이다.

우드샷도 나이스샷 한두 개는 필수이다. 거리만 충분히 내준다면 경기장 밖으로 날려 보내지 않고 벙커에도 들어가지 않으면 성공적인 샷이다. 파파이브에서 쓰리온하는 우드샷 한 개쯤 나와 준다면 금상첨화이다. 1년차 백돌이라면 이 정도는 식은 죽 먹기이다. 실패를 두려워하지 않는 대담한 우드 플레이, 이것이 필요한 것이다.

그린 앞 벙커에서 PGA 프로 같은 56도 샌드샷으로 홀컵에 바짝 붙이는 그림 같은 샷을 1개쯤은 해줘야 한다. 너무 어려운 요구라고 생각하는 사람도 있을 것이다. 온그린만 하는 것으로 수준을 낮추어도 성공적인 샷에는 변함없다. 벙커샷을 두려워하는 백돌이가 많다는 것을 안다. 평소에 기회가 날 때마다 볼의 3~4cm 후방을 때리는 묘미 있는 샷을 연습해놓아야 이러한 굿샷을 만들어낼 수 있겠다.

파쓰리홀에서 1개쯤은 홀컵 5m 이내에 붙이는 아이언 티샷을 구사해야 한다. 집중력과 행운이 따라서 버디까지 할 수 있다면 이 한 방으로 그 다음 홀부터는 아무것도 하지 않아도 된다. 전반홀을 20개 오버로 말아먹었더라도 후반전에 파쓰리 버디 하나는 전세를 역전시켜준다. 점수 획득은 제한적일지라도 완벽한 기분 전환은 될 수 있다.

가끔씩은 벙커를 넘기는 난이도 있는 로빙샷을 구사해줘야 한다. 오픈 어드레스에 오픈 헤드로 깎아내리는 60% 거리의 곡사포 샷은 동반자들로 하여금 감탄을 자아내게 된다. 그린 홀컵 옆에 떨어진 볼이 그 자리에 고정되면 동반자들은 혀를 내두를 것이다.

힘겹게 그린에 도달한 홀에서도 쉽게 무너지지 않는 것이 백돌이의 저력이다. 파4에서 가까운 포온 칩샷을 한다고 가정하자. 욕심을 내어서 칩인시키는 장면을 연상하면서 정확히 거리를 맞춘다. 칩인의 행운이 쉽게 따르는 것이 아니더라도 훌륭한 칩샷은 다음 원펏으로 홀을 마무리해준다. 가끔은 놀라운 칩샷을 보여줘야 한다.

3~4m 퍼팅도 1개쯤은 성공시켜줘야 한다. 컨디션이 좋으면 홀컵이 500cc 생맥주 잔 크기로 보일 때가 있다. 이럴 때는 2개 정도 먼거리 퍼팅을 넣어줘야 한다. 쇼트게임에서의 강한 면모는 백돌이의 포스를 강화시켜준다. 백돌이는 그렇게 허접한 퍼팅 실력의 소유자가 아니다.

가끔은 보기 플레이어의 스코어 법칙을 흉내 내는 이변도 필요하다. 평균 실력이 백돌이라도 언제나 백돌이여야 한다는 법은 없다. 이름하여 1, 2, 3, 4룰이고 스코어는 20개 오버. 보기 플레이에 딱 한 번 근접했다고 백돌이 클럽 탈출은 허용되지 않는다. 10회에 절반 이상 90대 초반을 기록할 수 있다면 탈퇴 신청은 가능할 뿐이다. 보기와 백돌이 사이의 벽은 의외로 높다. 보기플레이를 가볍게 보아서는 큰 코 다치기 십상이다.

백돌이의 퍼팅 실력이 그저 그렇다 하더라도 예상치 못한 대목에서 기적을 연출해줘야 한다. 18홀을 통해 그림 같은 중거리 퍼팅을 한 번쯤은 성공시켜줘야 한다는 것이다. 이 대목에서 백돌이의 돌발적인 위력이 나오는 것이다. 백돌이는 어떤 이벤트이든 연출해낼 자격이 있다. 확률은 대단히 낮을 지라도 홀인원이나 이글 또는 조금 난이도를 낮춘다면 연속 버디 같은 행운을 성취할 수 있다는 의미이다. 10년 만에 이루는 쾌거라도 좋고 평생에 딱 한 번이라도 좋다. 언제든지 사고 칠 준비가 되어 있는 백돌이들을 위해 '파이팅'.

백돌이가 넘어야 할 산은 일차적으로 보기이다. 보기는 평균 타수 85~94개이다. 이 단계를 넘으면 80대 초반의 카멜레온층이 있다. 본 층은 스코어 범위가 좁아서 회원들이 많지 않은데다가 결속력도 떨어져서 정식 클럽으로 등록되지 않는다. 정체성이 확고하지 않은 이 분들은 싱글이나 보기 플레이어 어느 한쪽에 일방적으로 편입되지도 않는다. 때에 따라서는 싱글 클럽에 당당히 얼굴을 내밀기도 하며 컨디션이 저하되면 보기 멤버들과도 맞수 플레이를 한다. 그래서 카멜레온이라는 이름이 붙었다. 그 위에는 아마추어가 이룩할 수 있는 가장 높은 단계인 싱글이다. 싱글은 73개부터 79개 사이를 밥 먹듯이 기록할 수 있는 선수들이다. 100명 플레이어중 1명이 나올까 말까 한 수준으로써 백돌이가 보기에는 까마득히 높은 산이다.

희망을 가지고 이 산들을 넘어보자. 백돌이가 되기 위해 땀 흘리는 수많은 초보자 골퍼들이 우리를 바라보고 있음을 잊지 말자. 흔들리지 않는 백돌이의 저력으로 전진하자.

골프를 사랑한 백돌이

이제 골프 동호인 500만 명 시대이다. 최근에 집계된 이 통계치는 우리나라 인구를 감안하면 적지 않은 숫자이다. 불과 십여 년 전만 해도 소수 특권층의 전유물이었던 골프가 1998년 박세리의 US 오픈 우승을 기점으로 빠른 속도로 광범위하게 확산됐다. 미국이 100년 전에 대중화가 시작되었다면 우리는 이제 겨우 20년도 채 되지 않은 셈이다. 천 년을 이어온 동양의 명품 두뇌 게임 '바둑'이 인구 500만을 넘긴 지 오래되었고, 만 년을 이어온 낚시는 그보다 이전에 대중화를 열었다. 골프를 즐긴 역사가 일천한 우리나라에서는 그토록 짧은 시간에 대중화의 기준으로 여겨지는 500만 골프 동호인 시대를 열어젖힌 셈이다. 경제 수준이 계속 나아지고 저변이 확대될 것이 자명한 만큼 골프 인구는 지속적으로 증가할 것으로 보인다. 그렇다면 왜 이렇게 많은 사람들이 골프에 빠져들었을까? 그리고 당신은 어떤 연유로 마니아가 된 것인가?

골프는 환상을 심어준다. 갓 클럽을 손에 쥔 사람은 일주일 안에 모든 것을 이룰 것 같은 환상에 빠진다. 7번 아이언을 몇 번 휘두르지 않았지만 그림 같은 공이 속출하는 것이다. 자세가 익으면 눈을 감고도 매트 위의 공을 맞추어낸다. 한 달이면 통달이 가능하리라는 환상을 갖게 된다. 골프의 마력은 초보자 주위를 어슬렁거린다.

사람들은 환상이 깨져도 골프를 그만두지는 못한다. 이들은 골프의 냉엄한 실체를 짐작하게 되면 마치 아이거 북벽 앞에 마주선 어린 아이 같은 왜소함을 느끼게 된다. 그러나 강인한 사람은 쉽게 물러서지 않는다. 골프가 잠재되어 있던 도전 의식을 유발하기 때문이다. 손에 잡힐 듯 멀어지는 기본 테크닉에 집중하다보면 그립과 어드레스 그리고 스윙의 삼매경에 빠져 6개월 긴 시간도 순식간에 지나간다.

친구들이 생기면 교습생 시절 손가락에 물집이 잡히는 고달픔 속에서도 즐겁다. 골프 친구는 술친구 다음으로 가깝다. 더군다나 비슷한 시기에 시작한 라이벌이라면 더욱 가까워지는 계기가 된다. 경쟁 심리도 생긴다. 교습을 누가 먼저 마칠 것인가? 스윙 폼은 누가 아름다운가? 비거리는 누가 더 긴가? 끝이 보이지 않는 장거리 레이스가 시작된 줄 모르고 눈 감고 코끼리를 만지는 듯한 희미하고 아슬아슬한 골프의 매력에 빠져들게 되는 것이다.

초보자들은 교습을 마쳐도 조바심이 나서 새벽 연습도 불사한다. 한적한 타석에서 찬바람을 맞으며 쇼트게임을 연습한답시고 레인지 바닥에 10~50m까지 연습볼로 두터운 일렬종대를 그린다. 그러나 너무 오랜 기간 연마에 몰두하지 마시라. 백돌이의 낭만을 즐기기 위해서는 너무 심하게 몰입해서는 안 된다. 아름다운 백돌이 시절을 건너뛰지 않으려면 말이다. 저녁에는 평생 멀리했던 소설책도 빌려오게 된다. 『골프와 백만장자』 또는 『마지막 라운딩』이 대표적이다.

이제 스크린에 빠져서 고수들에게 지갑을 털려가면서도 골프는 최고의 게임이라고 목청을 돋우는 시기가 온다. 배움에 뜻을 두다보니 늘 용돈에 쪼들리면서도 하수보다는 고수를 동반자로 맞이하려고 한다. 돈은 왔다가 사라지지만 골프 실력은 영원하다는 진리를 믿는다.

가끔씩은 고수들로부터 룰과 매너에 대한 호된 꾸지람을 듣기도 한다. 골프의 룰과 매너는 두꺼운 책 한 권 분량이다. 단 시간에 습득될 수 없을뿐더러 평소 라운딩에서 접하기 어려운 미묘한 상황들까지 모두 이해하기는 쉬운 일이 아니다. 단호하고 비타협적인 절대적인 신사룰과 겸손한 양보와 원활한 경기 운영의 묘를 절묘하게 결합해놓은 골프 에티켓에 감명 받을 때가 온다.

근사한 정규 골프장에서 머리를 올리고 나면 어깨에 힘주면서 백돌이 클럽의 문을 두드린다. 그러나 그 문은 쉽게 열리지 않는다. 10회의 라운딩을 성취하지 않고서는 클럽 멤버로 신청자격이 없는 것이다. 게다가 그 10회의 경기 중 최소 7회 이상은 스코어 104개 이내에 들어와 있어야 한다.

하수 후배 플레이어들과 스크린 게임에서 어울리며 몸가짐을 더욱 단정히 하게 된다. 멋있는 우드샷과 환상적인 쇼트게임을 선보이며 경험이 일천한 초보자들의 우상이 되기도 한다. 보잘것없지만 지금까지 걸어온 골프 연습의 방향에 대해 조언을 하고 골프 철학에 대한 변을 소개하기도 한다.

안정적인 백돌이가 되면 골프의 모든 것에 성큼 다가선 것이다. 벤 호건의 스윙 이론을 들여다보며 온갖 트러블샷 교본을 찾기도 한다. LPGA나 KLPGA를 시청하면서 즐거움을 얻는다. PGA 남자 선수들의 경기는 좀체 와 닿지 않지만 맥길로이나 타이거는 가끔씩 봐준다. 간결하고 파워풀한 스윙을 보면서 행복을 느끼기 시작한다. 이미지 트레이닝은 덤이다.

궁극에는 골프의 모든 요소를 사랑하게 된다. 파워와 센스, 재미와 역동성, 일관성과 다양성, 경험과 변동성, 희망과 좌절, 에티켓과 테크닉, 경쟁자들과 고수들, 핑계와 무덤, 조급함과 기다림, 근심과 성취, 자연과 낭만 이 모든 것을 받아들이고 겸손해지게 된다. 골프의 희로애락이 삶의 일부로 자리매김하는 것이다.

라이프 베스트

동료들과의 골프 라운딩 모임을 자주 주최해서 예약을 하곤 하는데 일종의 계모임 총무 같은 역할이다. 주변에는 대부분 적든 많든 핸디 차이가 나는 고수들이 수두룩하기 때문에 게임 섭외는 백돌이의 몫이다. 늘상 터지고 지갑 털리면서 자꾸만 고수들을 초대하는 이유는 이들에게서 배워야 하기 때문이다. 게으른 백돌이에게 고수들과의 경기 외 별달리 실력향상을 위한 비법이 있을 리 만무하고 언제까지나 치욕을 당하면서 살아갈 수도 없는 노릇이다.

맨날 100개씩 쳐대면서도 구력은 꽤 되어 가끔씩 가까운 동료가 입문하여 초보 딱지를 뗄 때쯤에는 실내든 실외든 관심을 가지고 게임 자리를 마련해야 하는 것도 백돌이의 일이다. 골프 문화에 익숙하지 않은 초보자에게 맡길 수도 없고 그렇다고 보기씩이나 치는 고수 분들에게 이래라 저래라 예약을 지시하기도 난감한 것이다. 싱글이라면 더 말할 필요도 없다. VIP로 초대만 되기에도 바쁜 귀하신 분들이니까.

나는 평소 스코어에 별 신경 쓰지 않고 편하게 즐기는 편이다. 그러나 이제 구력이 꽤 늘어서도 계속 현상만 유지하자니 주최자 입장에서 체면 문제가 있을 거 같다는 생각이 든다. 명색이 모임 주동자인데 맨날 100개씩 넘겨서야 동반자들 보기에 부끄러운 노릇 아니겠는가?

오래전 동료들과 남해 cc 갔을 때 89개 스코어를 기록한 것이 최고 기록이었다. 마음 편한 친구들끼리라 부담이 없었고 페어웨이 컨디션도 최상이었던 것으로 기억한다. 그 후로는 95개 안쪽도 가물에 콩 나듯 기록하게 된다. 대부분의 라운딩 점수는 10게임 중 7개 이상은 96개에서 102개 사이를 기록하게 된다. 서두에서 밝힌 백돌이의 평균 타수에 정확하게 일치하고 있는 셈이다. 더러는 100개를 훨씬 웃도는 치욕스러운 전과도 있었다. 105개를 넘어가는 수치는 언급하기도 부끄러운 일이라 구체적으로 표현하고 싶지 않은 점을 이해해주시면 좋겠다. 모임을 제안하고 주최하는 입장에서 이런 점수로 어디 명함이라도 꺼낼 수가 있겠는가?

당신은 백돌이의 라이프 베스트 스코어로써 89개를 어떻게 생각하는가? 그런대로 봐줄 만하다고 하겠는가? 개인적으로는 너무나 부끄러워 쥐구멍에라도 들어가고 싶은 심정이다. 백돌이의 최저 평균 스코어 95개에서 단지 6개를 줄인 것뿐이기 때문이다. 그것도 골프를 시작한 지 5년이나 경과한 시점이었다.

당신은 혹시 위대한 싱글 스코어를 기록한 적이 있는가? 만약 그렇다면 역사적인 사실로 자리매김할 수 있겠지만 당신이 지금도 백돌이라면 기복이 심한 플레이어라고 할 수밖에 없다. 만약 90개를 깨보지 못한 분이 계신가? 그러면서 105개는 좀체 넘지 않는가? 그렇다면 이런 분이 진정한 백돌이에 가깝다고 할 수 있겠다.

본 에세이를 준비하면서 시간 날 때마다 함께 플레이해 온 많은 동료들에게 지난 10회의 라운딩 점수에 대해 솔직한 대답을 요청해보았다. 몇몇 분들이 나의 보수적인 예상보다 훨씬 훌륭한 점수를 말해 깜짝 놀라기도 했지만 대부분의 겸손한 플레이어분들은 기대보다 훨씬 부족한 스코어를 이실직고하였다. 평균적으로 보자면 본인이 느끼고 주변에서 통용되는 실제의 실력보다 5~7개 정도는 높게 기록된다는 것이 설문의 결과였다. 물론 나도 실제의 바깥 라운딩에서는 동료들이 소문내고 다니는 실력에서 이 정도 못 미치는 점수를 기록하고 있다.

솔직하게 나의 최근 10게임 기록을 회상해보겠다. 2회 정도는 91~94개를 달성하였다. 물론 몸도 필드도 최상이었고 거리도 짧았던 덕분이었다. 6회 정도는 95~100개였다고 기억한다. 나머지 2회는 100개를 넘어섰고 최악의 스코어는 입에 담기도 부끄러운 107개였다. 105개를 넘어가는 점수를 생각하면 가슴이 따가우리만큼 안타깝다.

이제 좀 각성하고 더 자주 쓰리홀이든 레인지이든 찾아가서 연습에 매진해야겠다. 초심으로 돌아가 그립과 어드레스부터 더 집중해서 아이언의 일관성 찾기에 주력해야겠다. 주중에도 다이어트와 걷기 등으로 몸매와 체력 관리도 신경 써야겠다. 2005년도 말이었던 것으로 기억나는데, 오랜 기간 몸을 만들어 풀코스 마라톤을 처음이자 마지막으로 완주한 이후 러닝을 접고 골프를 시작했었다. 그 당시 체중이 내 키에는 표준이라고 할 만한 60kg 중반이었는데 그 후 매년 1kg씩 불어서 이제는 70kg 초반을 오락가락하니 당연히 스윙 궤적도 어긋나고 허리는 용수철은커녕 회전 자체가 삐그덕거릴 정도에 이르렀다.

익숙한 실망

골프는 다른 스포츠 경기나 게임들보다 실패에 대한 좌절감이 크고 감정의 기복이 더 심하다고 생각되는데 왜 그런 것일까? 지난 주 연습장에서 땀 흘린 보람이 나타나지 않아서 그런 건지 평소의 마인드 컨트롤이나 연습 태도, 경기에 집중한 정도에 자부심을 가지고서 경기 시작 전부터 너무 구체적인 목표와 예상 스코어를 마음에 새겨 두어서인지 모르겠다.

친밀한 사이의 동반자들이 지켜보는 가운데라서 실수들이 더 큰 좌절감을 안겨 주는 것일 수도 있다. 혹은 모든 것을 스스로 통제해야 하는 게임 특성을 잘 인식하고 있으면서도 플레이 중에 나타나는 멘탈의 시험을 극복하지 못한 데에 자책감이 들어서일 수도 있겠다.

물리적으로 또는 심리적으로 다른 플레이어들이 자신의 경기력을 떨어뜨리는 어떤 방해도 일어나지 않고(대부분 그렇다고 볼 수 있다) 오히려 보통은 서로 용기를 북돋워주는 분위기일 텐데 스스로 무너지는 괴로움이 더 감내하기 힘들어서일까?

상당한 금액의 그린피를 내고 시작할 때는 베팅돈 두껍게 추렴했는데 돌아온 것은 실망스러운 스코어와 너덜너덜한 지폐 한두 장밖에 남지 않아서 속이 쓰린 것일까? 그리고도 체크아웃하면서 카트피와 그늘집피를 공평 분담하는 것이 더 화가 치미는 걸까?

핸디를 착각하고 있는 것은 아닐까 모르겠다. 자신의 핸디는 110개인데 여태껏 백돌이라고 억지다짐 하고 있는 것은 아닐까?

결과에 대한 실망은 백돌이뿐 아니라 모든 수준별 플레이어들에게 공통된 사항이다. 투어 프로골퍼에서 초보자까지 예외 없이 나타나는 부푼 기대와 깊은 실망은 역시 골프의 예측 불가한 변동성에 기인한다고 할 수 있겠다. 그러나 실망에 대처하는 방법은 수준별로 각양각색이다.

실망이 쌓이면 좌절로 이어지고 결국 슬럼프로 귀결된다. 프로 골퍼는 스코어가 급격히 나빠지고 이어지는 여러 경기에서 좋은 모습을 보여주지 못하면 심한 마음고생에 시달린다. 무너지는 원인을 쉽게 찾기도 힘들다. 기술적인 면과 멘탈적인 요소를 두루 자가 점검하지만 여의치 않다. 지명도 있고 노하우 깊은 글로벌 전문 티칭프로를 찾아가 원포인트 레슨을 받기도 한다.

싱글 플레이어는 심각한 슬럼프가 오면 연습장을 찾아가 수 천개의 공을 쳐가면서 무엇이 문제인지 살펴본다. 또는 몇 주 연속 주말 라운딩을 집중적으로 다니면서 미스샷의 원인을 점검한다. 허리의 움직임과 팔 동작, 그립과 어드레스 및 에임과 스윙 등 모든 실수 가능성의 요소를 실전을 통해 짚어가면서 슬럼프 요인을 찾아내고 제거하는 노력을 하는 것이다.

보기 플레이어는 경기가 끝난 후 집에 돌아가서 고심을 한다. 이미지 트레이닝을 하며 상상 속에서 스스로 레슨을 실시한다. 마음가짐의 문제인지 혹은 욕심의 문제인지 따져보기도 한다. 가끔씩은 교본을 들여다보며 스윙 자세의 오류가 없는 지 꼼꼼히 점검하기도 한다. 그러면서 다음 주말에는 어떤 부분들을 수정해야 할 지 머릿속에 입력해두고 저장한다.

우리 백돌이 플레이어는 큰 고민을 하지 않는다. 작은 실망이 오면 샤워가 끝나기 전에 털어버린다. 조금 깊은 슬럼프가 와도 맥주 한 잔 하고는 '슬럼프는 무슨 슬럼프 컨디션이 좋지 못했던 것뿐이야' 하고 속으로 되뇌며 깨끗이 잊어버린다. 그래도 혹시 터무니없는 기술적인 실수가 있는지는 다음 기회가 될 때 고수에게 물어보리라는 정도의 성의면 충분하다고 생각한다. 그러면서 다음 게임부터는 전혀 다른 모습을 보여줄 것으로 낙관한다.

실망스러운 스코어를 기록하더라도 좌절하지 말자. 절망스러운 슬럼프가 와도 좌절하지 말자. 백돌이의 가장 큰 덕목은 게임을 즐기는 데 있다. 동반자들과 즐거워하고 여행을 기뻐하며 자연과 어울리고 라운딩을 즐기면 그만이다. 백돌이는 스코어에 집착하지 않는다. 그러므로 실망하지 말자.

오래된 메모

40대 나이가 될 때까지 골프와의 인연은 없을 것이라고 여겼다. 특별한 거부의지가 있었던 것은 아니지만 경제적으로 취미생활의 과소비가 아닐까 하는 선입견과 처음에 입문하는 절차가 까탈스러울 것이라는 현실적인 우려가 결정을 미루게 했을 터이다.

한 친구가 먼저 시작을 하고 한두 번 함께 해보자는 제안을 했을 때까지도 선뜻 내키지 않아서 미적거리고 있는 중에, 먼저 시작한 친구가 제법 폼을 만들고 클럽을 장만하느라 분주하다. 친구를 따라 레인지에 처음 발을 들여놓고서야 조금씩 거부반응이 없어지더니 몇 주가 지나지 않아 흥미가 당기고 제대로 교습을 받아보자는 의지가 생겼다.

강사 비용이 저렴한 젊은 티칭프로를 찾아갔다. 3개월 교습을 추천받았지만 게으르고 급한 성격 탓에 2개월 만에 단기속성으로 마무리를 해버렸다. 시간에 쫓긴 마지막 수업 어프로치샷은 하루 만에 심지어 퍼팅은 30분 만에 공부를 끝냈다. 이 젊은 코치는 닭 쫓던 강아지 심정으

로 나를 놓아줄 수밖에 없었다. 미안했지만 어쩔 수 없었다. 바쁜 직장
생활에 시간 내기도 전쟁 같았고 빠듯한 용돈 사정으로 더는 지속할 형
편이 되지 않았던 것이다.

이후에는 한 번도 레슨이라는 것을 받아보지 못했으니 먼저 시작한
그 친구와는 지금도 한 단계 이상의 실력 차이가 난다. 후회되는 대목이
지만 게으른 백돌이의 운명이라고 여기고 '즐거운 골프'에 만족하기로 했
다. 그래도 그 짧은 교습 시절에 집중력만큼은 흐트러지지 않아서 당시
에 코치를 통해 습득한 스윙 자세에 대한 레슨을 나름대로 정리해 놓
은 메모들을 간직하고 있다. 2개월간의 초기 교습 후 머리를 짜내어 가
면서 기록해두었던 사유의 파편들인 것이다. 수첩에 메모해두고 연중행
사처럼 가끔씩 지갑 정리할 때에나 들춰보곤 하는 것이다.

백돌이 골프마니아라면 이 정도 열정은 가지고 출발해야 하는 것 아
니겠는가? 혹시 골프에 갓 입문한 초보자 분들은 염두에 두시라. 백돌
이의 그것도 교습생 시절의 지극히 개인적인 코끼리 뒷다리 관점이라는
것을. 이미지 트레이닝 하느라 머리가 아파온다면 과감히 건너뛰시라.
이 책은 골프 교본이 아닌 백돌이의 경험을 담은 책이다.

🏌 어드레스(Address)

<u>어드레스 때는 핸드퍼스트로 클럽과 왼팔을 일자로 유지한다.</u>
Y자형보다는 K자형을 선호한다는 말이 되겠다. 요즘은 핸드퍼스트

가 너무 심해져서 K자의 배를 뚫고 나와 화살표의 모양까지 나기 시작한다.

무릎은 최대한 편다는 기분으로 약간의 구부림을 일정하게 유지한다.
시간이 지나도 무릎을 펴는 것은 전혀 문제가 없다는 느낌이다. 허리가 부실해지면서 구부림을 장시간 유지하기 힘들어지는 것도 사실이다.

엉덩이에서 어깨까지는 최대한 편안한 자세로 편다.
허리가 굽어지면 옹색해 보이고 누가 봐도 힘이 들어간 것처럼 보인다. 곧은 자세로 근육을 편안히 해야 한다.

팔과 어깨를 릴렉스한다.
힘 빼는데 3년 걸린다는 말이 있다. 초보자 시절 가장 어려운 부분이다. 릴렉스의 의미를 확실히 깨우칠 수가 없는 것이다. 라운딩을 거듭해보면 뻣뻣하게 힘을 준채로 18홀을 견뎌낼 수가 없다는 것을 알게 될 것이다.

머리는 상하좌우로 따로 움직이지 않는다.
어깨에 고정된 채 중심 이동을 위한 좌우 이동은 괜찮다. 이것도 의식적으로 할 필요는 없다. 초보자 시절에는 머리를 고정한다는 마음가짐이 중요하다.

시선은 스윙 전체를 통하여 볼에 고정한다.

볼이 올려진 고무티에서 시선을 놓지 않는다. 팔로우 스윙으로 인해 목이 돌아가고 머리가 딸려 가는가? 그 때는 시선을 해방시켜줘도 좋겠다. 실전에서는 샷 후 티가 어디로 날아가는 지 볼 수 있다면 이 부분은 통과이다. 세컨샷 이후에는 디봇을 확인하는 정도이다. 물론 백돌이에게 무리한 주문인 것을 안다. 백돌이의 교과서가 그렇다는 말이겠다.

오른쪽 어깨와 머리는 약간 기울인 자세를 유지한다.

그립의 왼손 아래에 오른손이 위치하므로 자동적으로 기울게 된다. 똑바른 자세로 고치기 위해 애를 쓰지 말자. 기울어진 폼이 정상적이다.

 **백스윙(Back Swing)**

백스윙 때 허리가 당기는 느낌으로 약간 들어 올린다.

지금은 허리가 당기는지 밀리는지 아무 생각이 없어졌다. 아마 왼팔을 가슴에 붙이면서 들어 올리라는 것이 아닐까 회상해본다.

무릎 사이가 벌어지지 말 것. 특히 오른쪽을 조이는 것이 중요하다.
8년이 지난 지금도 백스윙 때마다 신경 쓰는 부분이다. 골프에서 쩍
벌남 자세는 불량이다. 강습할 때 두 무릎을 띠로 고정시키고 연습
하던 시절이 생각난다.

어깨가 턱 너머로 돌아가는 연습이 필요하다.
나이 좀 드신 분이라면 무시하자. 머리가 젖혀지지만 않으면 다행
이다.

백스윙 톱이라고 생각될 때 왼손 엄지 위에 클럽 중심이 놓여야 한다.
백돌이로서는 느끼기 어려운 감각이다. 건너뛰는 게 좋겠다.

백스윙 톱에서 반 박자 쉰다는 기분으로, 리듬을 타는 느낌으로
이 대목은 요즘 절실하게 지켜내는 금언이다. 백스윙이 빠른 선수 치
고 일류 플레이어가 없다는 말을 실감한다. 종종 전광석화처럼 빠른
백스윙에 아무런 쉼표 없이 바로 내려오는 다운스윙을 하는 아마추
어들을 보게 된다. 너무나 조마조마한 심정에 볼이 떨어지고 난 뒤
에야 가슴이 놓이는 광경이 아닐 수 없다.

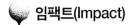 **임팩트(Impact)**

임팩트 때 오른손으로 친다는 생각은 금물

파워 히터라면 오른손을 많이 사용해야 한다고 한다. 물리적으로 난해한 설명이다. 느낌만을 가지도록 하자.

볼과의 컨텍까지는 가볍게 허리회전으로 내려온다는 느낌

백돌이로서는 역시 난해하다. 의도적으로 팔을 내리지 말라는 의미로 해석해본다.

임팩트 순간에 약간 기울어졌던 최초의 어드레스를 기억한다.

중요한 이미지 트레이닝이다. 기억할 필요가 없는 어드레스를 왜 취하겠는가?

클럽 헤드와 볼이 컨텍되는 순간에 양 발바닥을 바닥에 붙인다는 느낌

고민스러운 주제이다. 지금에 와서는, 교습생 시절에 어떤 오해에서 비롯된 원칙이 아닐까 의심해본다. '용감한 원정대'의 아마추어 이본도 바닥을 펄쩍 뛰듯이 하면서 임팩트를 잘하고 LPGA의 폴라 크리머나 렉시 톰슨은 또 어떤가? 마치 용수철같이 몸을 들어 올리면서 임팩트를 가하는 다이내믹한 스윙을 보니 아무래도 이 항목은 실수가 아닌가 생각되는 바이다. 아무튼 오래전 메모이고 혹시 모르니 간직은 해두자.

컨택 순간에도 약간 기울인 채 공의 오른쪽을 주시하는 머리 위치를 고수한다.
공의 오른쪽 대목은 경력이 늘면서 더 구체적이 되었다. 4시 방향을 겨누면서 그 곳을 헤드로 때리려는 마음가짐인 것이다.

임팩트 때 왼다리가 왼쪽 벽에 부딪힌 상태인 듯 고정시킨다.
중심 이동은 아직도 숙제이다. 본 레슨이 잘 맞아떨어지면 팔로윙도 멋지고 볼의 비거리나 방향도 좋다. 그러나 백돌의의 일관성에는 자신이 없다.

샷 직후 뒤꿈치를 먼저 들어 올리지 않는다.
컨택까지는 전체 몸가짐을 단정히 해야 한다는 뉘앙스로 받아들인다. 발이든 무릎이든 어느 한 쪽이 먼저 올라오지 않는다는 의미로 이해하자.

클럽헤드가 볼을 때리는 순간 오른손에 순간적인 기합이 들어간다는 느낌으로
물리적인 해석은 어려우므로 심리적인 임팩트라고 마인드 컨트롤하자.

🏌 피니쉬(Finish)

임팩트 후 어느 정도 날아간 볼 방향으로 클럽이 나간다는 느낌으로
볼의 방향성을 결정하는 중요한 문구로 받아들인다. 프로들의 샷에
서는 아주 잠깐의 동작이므로 이미지에서도 캡처하기가 어려운 동
작이다. 슬로우 모션을 자세히 보면서 자세를 익히는 것이 좋겠다.

오른발의 모양은 임팩트 후 오른옆날이 떨어지고, 뒤꿈치 들리고 무
릎이 이동되는 순서
공을 끝까지 보고 피니쉬를 완성할 수 있다면 자동적으로 이루어지
는 동작이 아닐까?

스윙은 콤팩트하게, 클럽을 던진다는 느낌으로
여성들의 샷에서 쉽게 캐치할 수 있는 느낌이다. 코킹이 몸에 익으면
수월하게 던질 수 있을 것 같은 느낌이다. 진짜로 집어던지는 초보
자들을 몇 번 본 적이 있다.

양팔은 편 자세를 끝까지 유지한다는 기분으로
훅 성의 잡아채는 샷을 방지하기 위한 금언이다.

팔로우 때 클럽이 높이 멋지게 설 수 있도록

모 교본에서 흰머리 날리는 나이든 PGA 선수가 하늘 높이 두 팔을 들어 올리며 피니쉬하는 사진을 본 적이 있다. 실제로 행하기에는 어렵지만 기이하고도 아름다운 동작이다.

피니쉬 때는 왼다리만 써서 지탱한다는 느낌으로

팔로우 자세가 훌륭한 샷에서 엉뚱한 타구가 나오기는 드물다.

마지막에 가슴을 완전히 돌리고 안정된 자세가 될 것

아마추어가 가장 힘들어하는 부분이다. 특히 나이 들어 허리가 잘 돌아가지 않는 분이라면 불가능에 가까운 포즈이다.

임팩트 후 왼팔도 끝까지 뻗어준다는 기분으로

앞서의 유사한 내용을 다시 강조하고 있으니 팔을 뻗어주는 것을 대단히 중요하게 여겼던 모양이다.

퍼팅 라이

퍼팅 라이를 읽는다는 것은 어려운 문제이다. PGA 프로들에게도 난해한 과제인데 과연 백돌이에게 지침이 될 만한 가이드는 없을까? 퍼팅에 있어서의 프리 루틴을 살펴보자.

좌우 라이는 '공 반대편으로 가서 본다'는 것이 첫째 원칙이다. 공 반대편에서 본 라이와 공 뒤쪽에서 보는 라이는 차이가 날 수가 있는데 경험으로 보자면 거의가 공 반대편에서 본 라이가 더 정확하더라는 것이다.

라이라 함은 경사를 보는 것인데 홀컵과 공을 연결한 선을 따라서 오른쪽이 높으냐 왼쪽이 높으냐를 따지는 것이라 눈대중 외에는 달리 방법이 전무하다는 생각이다. 간혹 퍼터를 세워서(이때 손잡이를 잡을 때 살짝 잡아서 퍼터가 중력으로 자연스럽게 수직이 되게 해야 한다) 수직의 퍼터와 지면이 이루는 각을 보고 오른쪽이 높은지 왼쪽이 높은지 확인하는 것도 있지만 이것도 상당히 어렵고 어차피 각도기를 갖다 댈 것이 아니니 결국 눈대중으로 귀결되는 것이다.

실전에서는 캐디가 놓아주는 볼의 방향을 유심히 볼 필요가 있다. 그것도 공 반대편에서. 그러면 좀 더 빨리 익숙해질 수 있지 않을까 싶다. 나무들이 자란 모습이나 주위 지형을 보는 것도 중요한데 사실은 이게 먼저 되어야 할 거라고 본다.

우선 그린 쪽으로 걸어가면서 주위 지형을 살핀다. 배수로 배치나 그린 조성의 용이성 또는 조형 등을 고려해서 그린을 주위 지형과 비슷한 경사의 유형을 만들기 때문에 주위 지형이 매우 중요한 요소가 될 수 있다. 가령 그린 뒤쪽으로 계속 오르막인 경우에는 그린 뒤쪽이 앞쪽 보다 높다고 생각해야 한다. 그린 오른쪽에 언덕이 있는 경우에는 그린 오른쪽이 왼쪽보다 높아야 할 것이다.

그러나 명심해야 할 것은, 이런 것들은 당연히 전반적인 그린의 경사를 가늠하는 것이지 2~3m 퍼팅을 하면서 이런 것만 믿고 했다가는 낭패를 볼 수 있다는 것이다. 그래서 주위 지형을 보고 그린 전체의 경사를 어느 정도 파악하고 나면 공 반대편으로 가서 미세한 그린을 읽는 것이 중요하다는 것이다.

그린을 읽는다고 표현하는데, 사실 그린을 읽는다는 건 라이만 읽는 게 아니고 그린의 빠르기, 라이 및 거리 등을 종합해서 해석하는 것을 말한다. 라이를 보고 오른쪽이 왼쪽보다 높다고 판단을 했다면 얼마나 오른쪽을 보고 칠 것인가는 경사의 정도, 거리, 그린의 빠르기 등을 종합적으로 보고 결정을 해야 한다는 것이다.

예전에 누군가가 코칭해준 금언을 아직도 실천하고 있는데, 되도록이면 라이를 많이 봐야 한다는 것이다. 내 생각에 오른쪽으로 공 두개 정도 보는 게 좋겠다 싶으면 실제로는 공 3개나 네 개를 보고 친다는 것이다. 그러면 설사 홀을 놓친다 하더라도 홀 주변에 공이 머물러 있을 확률이 높아진다는 것이다. 일명 교과서에서 일컫는 '프로라인'이라는 것이다. 그렇다면 '아마추어라인'도 상상이 가는가? 라이를 적게 봐서 홀을 지난 볼이 계속 홀로부터 멀어지는 라인이 그것이다.

그러나 이러한 프로라인 접근도 무턱대고 실천할 수는 없는 법이다. 라운딩마다 초반 몇 개 홀에서의 경험을 유심히 수치화해야 하는 것이다. 어떨 때는 차라리 그냥 생각대로 단순하게 치는 게 맞는 것 같기도 해서 헷갈리는 상황이 많다. 지난주에 이렇게 라이 많이 보고 쳤다가 실패한 경험이 있었기 때문이다. 역시 어려운 문제이고, 예외 없는 원칙은 없다.

무엇보다 중요한 것은 '거리'이다. 프로들처럼 그림같이 공이 홀컵으로 빨려 들어가는 퍼팅을 하고 나서 오르가즘에 버금가는 희열을 맛보고자 한다면 나만의 정확한 거리를 만들어 놓는 것이 중요하다. 사실 프로들도 가끔 보면 원거리에서는 정확하게 홀에 넣는 경우보다 홀컵 근처에 공을 멈추게 하는 경우가 더 많다. 거리가 정확하다면 에임이 조금 빗나가더라도 대부분 컨시드 이내이거나 두 번째 퍼팅이 쉬운 거리에 공이 멈추게 된다. 그러나 거리부터 맞지 않는다면 어떨까? 대개 쓰라린 쓰리 펏에 쓰러지게 되는 것이다.

결론적으로 나의 루틴은, 그린으로 걸어가면서 전체적인 주위 지형을 살피고 그린 위에서는 볼 마킹을 한 후 홀컵 쪽으로 걸어가면서 자연스럽게 거리를 잰다. 홀컵 반대편에서 볼 마크를 겨냥해서 라이를 읽고 다시 볼과 홀컵의 직각인 지점 쪽으로 가서 업다운 힐을 읽고, 그 다음 볼 뒤쪽으로 가서 다시 경사를 확인하고 퍼팅을 한다.

물론 이러한 루틴을 내 퍼팅 차례가 되었을 때 시작하게 되면 동반자들로부터 엄청난 비난을 받게 되겠다. 퍼팅 차례가 되기 전에 다른 동반자들 퍼팅에 방해되지 않게 자연스럽게 해야 한다. 이렇게 할 겨를이 없는 홀이나 혹은 전반적으로 이런 절차를 밟을 여유가 없는 라운딩은 분명히 스코어가 나쁠 수밖에 없다.

백돌이니까

🏌 그렇게 어렵다는 머슬 머시기 아이언을 칠 겁니다.

보기 플레이어는 물론이고 싱글들도 쉬운 클럽으로 바꾸는 게 추세라는데 너는 뭐 잘 친다고 그런 아이언을 사냐? 라고 물으신다면 저는 가볍게 응수할 겁니다. 왜냐고? 백돌이니까요. 내가 이 클럽으로 돈 벌 것도 아니고 그냥 치고 싶으니까요. 햇빛에 반사되는 아이언의 반짝임이 너무 좋으니까요.

🏌 250m 세컨온을 위해 3번 우드를 날릴 겁니다.

맨날 슬라이스 내면서 왜 또 우드를 잡느냐고요? 저는 백돌이니까요. 10번에 1번 멋있는 샷을 위해 기꺼이 위험을 감수하렵니다. 성공만 한다면 그 쾌감은 번지에서 뛰어내릴 때만큼 후련한 카타르시스를 주니까요.

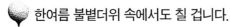

한여름 불볕더위 속에서도 칠 겁니다.

왜냐고요? 그냥 골프를 좋아하는 백돌이니까요. 프로들은 잘 안칠 겁니다. 여유 있는 사람들도 잘 안칠 겁니다. 숨 막히고 손바닥 축축한 데 왜 그렇게 악착같이 치냐고요? 돈 없고 시간 없는 샐러리맨 주말 백돌이니까요.

한 번씩 3번 아이언을 꺼내들 겁니다.

롱아이언 제대로 치지도 못하면서 꼴값한다고 하실지 모르겠으나 한 번의 기가 막힌 3번 아이언샷과 한 개의 라운딩을 바꿀 수도 있습니다. 저는 백돌이니까요. 백돌이의 특권이지요.

300야드에 도전할겁니다.

아마추어가 무슨 300야드를. 까불지 말고 다른 연습이나 하소 마. 그래도 저는 도전해볼랍니다. 왜냐하면 저는 백돌이니까요. 단지 300야드를 위해서 몇 개 라운딩의 스코어를 포기할 수도 있으니까요. '그래도 안 되면 어쩔 건데' 하고 물으신다면 '300은 못 되어도 250은 충분히 보내겠지요'라고 대답할랍니다.

9번 아이언으로 백스핀 샷을 날려볼 겁니다.

내리막인데 이 무슨 터무니없는 소리냐고요? 그래도 날려볼랍니다.

겁 없는 백돌이니까요. 재수 좋게 볼의 4시 방향을 오픈 헤드로 스피디하게 치고 들어가면 누가 또 압니까? 백스핀 잔뜩 먹은 볼이 뒷걸음질 쳐서 홀컵으로 빨려 들어갈지? 확률이 0.1%밖에 안 되는 걸 왜 하냐고 다시 묻는다면 이렇게 대답할랍니다. 저는 백돌이니까요. 평생의 소원이 백스핀이니까요.

🏌 **동반자의 속임수를 그냥 모른 척 해줄 수도 있습니다. 동반자의 미스샷을 진심으로 안타까워해줄 수 있습니다.**

상대방의 점수가 나와 상관없는 것을 알기 때문입니다. 상대방이 잘해도 내가 등수에서 밀려나지 않으니까요. 왜냐하면 저는 백돌이이기 때문입니다.

🏌 **그린 중앙, 안전지역으로 샷하지 않고 저는 깃대를 보고 쏠 겁니다.**

실패의 아픔보다 성공의 즐거움을 즐기는 아마추어라서 그렇습니다. 어차피 실패는 너무나 익숙해서 두렵지 않기 때문입니다. 역시 백돌이의 특권입니다.

🏌 **음주 라운드도 불사합니다.**

한 번씩 술 마시고 치면 더 즐거우니까요. 스코어보다 골프를 더 사랑하니까요. 골프보다 동반자와 같이 시간을 보낸다는 자체에 더 의미를 둘 줄 아니까요.

🏐 한 번씩 어이없는 샷을 하면 하늘보고 땅보고 심한 욕도 해줄 수 있습니다.

제 경기를 TV로 전 국민이 중계방송 보는 것도 아닌데 혼자서 욕 좀 하는데 뭐 어떻습니까? 그래도 욕은 안 됩니까? 그래도 한 번씩 아무도 안 볼 때 좀 하렵니다.

🏐 라운드가 끝나면 우승자에게 진심으로 축하해줄 줄 압니다.

우승 상금이래야 푼돈 몇 만 원일뿐이니까요. 상대방의 우수한 기량을 진심으로 칭찬해줄 수 있는 저는 백돌이이기 때문입니다. 자존심보다 뒤풀이 삼겹살을 얻어먹을 수 있는 것이 더 기쁘니까요.

🏐 연습은 안 해도 싱글을 꿈꾸면서 오늘도 핸들을 돌리면서 골프장으로 갑니다.

제 주제파악 안 되는 백돌이니까요.

총체적인 슬럼프

고민거리가 생겼다. 몇 주째 드라이버와 아이언이 총체적인 슬럼프에 빠져버렸다. 도무지 임시 처방으로도 미스를 잡을 수가 없어서 매 샷마다 좌불안석이라는 것이다. 스윙에 안정성이 없고 헤드의 오픈 정도에 확신이 없으며 중심 이동과 팔로우가 전혀 이루어지지 않는다. 말 그대로 총체적이다. 다행인 것은 최근에는 바깥 라운딩이 몇 개월째 없었으므로 귀한 시간과 돈은 상대적으로 덜 소모되었다는 것이다.

문제는 스크린 게임인데, 어디선가 심하게 밸런스가 무너진 것이다. 예전 호구들도 이제는 눈치를 채고 매주 전화로 한 수 배우자고 덤벼든다. 허름한 백돌이도 이렇듯 심하게 경기력이 오르내리는 바이오리듬을 타는 것인가? 최근 5게임 스크린 기록이 평균 80개 초반이었는데 2개월 만에 80대 후반으로 내려앉았다. 스크린 핸디는, 세팅 기준에 따라 난이도가 천차만별이지만 평균적으로 보면 실전보다 10개 정도는 낮다고 보면 되겠다.

샷이 무너지면 세 가지를 점검하라고 한다. 그립이 첫 번째이고 어드레스가 두 번째 마지막이 스윙폼이다. 평소 그립은 Closed 상태를 유지하는데 임팩트 순간에 자주 열리는 느낌이 있으므로 제대로 닫아야 한다는 강박관념이 있다. 왼쪽 손목을 더 시계방향으로 돌려 더 이상 열리지 않게 완전히 잠가야 할지 모르겠다. 어드레스는 시간이 갈수록 오른쪽을 향하게 된다. 슬라이스를 방지하기 위해 의식적으로 오른발을 뒤쪽으로 가져가게 되는데, 그러면서도 공은 자주 왼쪽을 향하게 된다.

스윙에서의 가장 큰 문제는 백스윙톱이 예전 같지 않게 가슴을 제대로 돌려주지 못한다는 것이다. 톱의 위치가 불안정하고 그런 연유로 임팩트 타이밍이 어긋나게 되는 거 같다. 덜 된 톱에서 평상시 스윙을 실천하려니 볼과의 컨택 시점을 딱 맞추지 못하는 게 아닌가 생각된다. 아마추어로서 나 자신의 문제를 콕 집어내는 것은 아무래도 쉽지 않다.

지난주의 스크린 게임에서도 전 경기를 통해 허우적거리다가 마지막 18번 파파이브홀에서는 드라이버만 한 자리에서 5번 오비샷 휘두르고 더블파로 마감하기도 했다. 부끄럽고 난감했음은 두말할 필요가 없다. 부끄럽다는 것은 실력 부분이고 난감하다는 것은 경제적인 의미일 터이다. 나머지 3명이 파만 한다고 가정하더라도 치맥 한 테이블 값이 날아가게 된다. 다행스럽게도 다른 선수들이 함께 조금씩 무너져줘서 통닭한 마리 값만 상하고 마무리하게 되었다. 이 정도 사경을 헤매는 최악의 컨디션임에도 전체 게임에서는 꼴찌 루저가 아니었으니 우리 클럽 멤버들이 좀 약하다는 것인가? 이 날만 좀 약한 정도였다고 호평해주면 안

되려나? 오래된 실력일까?

슬럼프의 결과로서 나타나는 샷의 가장 큰 문제는 방향성이 무너지고 거리 미스가 다발한다는 것이다. 며칠 동안을 고민하면서 그 이유를 나름대로 파악해보았다. 임팩트 순간의 정확성을 높이기 위해 양 발바닥을 붙이는 것을 염두에 두고 있었는데 이러다보니 오른발이 늦게 떨어지고 허벅지 뒷부분부터 허리로 연결되는 근육이 팔로우를 끌어당기면서 양 손목 릴리즈가 제대로 되지 않는 것이었다.

그래서 얼마 전부터는 오른 발바닥을 조금 해방시켜줘서 자연스럽게 왼쪽으로 쉬프트되도록 하고 나머지 온 신경은 릴리즈와 팔로우 스윙에 신경을 쓰고 있다. 그렇다고 당장 자세가 안정되었다고 한다면 믿기 어려운 일이다. 골프가 어디 그렇게 쉽게 딱딱 맞아 들어갈 리가 있겠는가? 어쨌든 이론적으로 합당한 방향이라고 생각되니 주말 복수전 게임에서 안정적인 스윙을 찾아 나가도록 노력해볼 생각이다.

어제의 연습 미니홀 게임에서는 볼을 7개 이상 잃어버렸다. 2주째 최악의 상황이었다. 파파이브 세컨샷 올라 갈 때 마다 한 개씩 좌우탄이 났었고 파쓰리 물에도 빠트리고. 다행히 거기는 스트로크 경기가 아니라서 지갑은 털리지 않았다. 식사 회비 만 원만 내면 되는 곳이었다. 이제 정신을 가다듬고 스윙의 안정성과 일관성 회복에 주력해야 하겠다. 다음 주말의 게임이 은근히 걱정된다. 용돈이 떨어져가고 있는데 월말까지 버티지 못하게 되면 와이프의 잔소리가 심해질 터이다.

선수(先手)

　바둑에는 선수(先手)라는 용어가 있다. 학생 시절에 프로 바둑기사들의 기보(碁譜)를 들여다보며 바둑 공부를 한 적이 있었는데 선수(先手)에 대한 감상이 유별나다. 권투나 막장 싸움으로 보자면 '선방'의 의미와 유사하다. 고수들의 바둑을 보자면 선수를 뽑아내기 위해 당장의 출혈을 감수하는 경우도 많고 또 사소하지만 나중의 선수를 많이 확보하기 위해 두터운 바둑을 구사하는 프로기사들도 많다. 하수는 고수의 선수에 휘둘리면서 맥없이 따라가다가 어느 순간에 바둑은 종반에 이르렀고 승부는 말할 것도 없이 파탄 나는 경우가 많다. 이를 두고 '손 따라 둔다' 또는 '손놀림에 놀아난다'고 말한다. 하수는 불평을 늘어놓으며 핑계거리를 만든다.

　기술적으로도 그렇겠지만 정신적으로 상대를 굴복시키는 것은 선수의 탁월한 효과라고 할 수 있다. 진정한 프로들의 경기 양상은 '선수 잡기'의 경쟁에 다름 아니다. 매 수마다 급한 곳과 큰 곳을 찾아다니지만 실상은 그 한 수만의 의미는 아니어서 당장은 작은 곳이라 하더라도 상대가 받아 주지 않을 경우 더 큰 타격을 받게 되는 그런 선수들을 늘상 활용한다는 것이다. 선수를 몇 번 당하게 되면 상대방은 심리적 부상을 먼저 당하게 된다. 물리적 타격은 당연히 따라온다는 말이 되겠다.

골프에서는 초반에 호쾌하고 안정된 샷을 많이 쳐주는 것이 바둑에서 말하는 선수에 다름 아니라는 심리적인 분석을 내놓는다. 초반 중에서도 확실한 선수의 기회는 역시 첫 드라이버 티샷이 아닐까 한다. 초이스 1번을 뽑게 되는 플레이어는 대단한 스포트라이트와 함께 이목을 집중시키게 된다. 선수를 날려서 동반자들을 압도할 수 있는 절호의 기회인 것이다.

물론 엄청난 부담을 한 몸에 받게 되는 반대급부조차 즐길 줄 아는 마음가짐이 필요하다. 몸이 풀리지 않은 상태에서 자신의 일거수일투족을 예의 주시하고 있는 동반자들에게 이 한 방의 샷으로 본인 이미지가 각인될 터이다. 그 사람들뿐만이 아니다. 티오프 순서를 기다리는 후속팀 멤버들 혹은 그 뒤 팀 대기자들까지 갤러리는 늘어나게 된다. 그들은 우리의 스윙 모습과 결과를 염두에 두고 잠시 후 실현될 자신들의 스윙을 대입시켜 이미지 트레이닝을 할 수도 있다.

구력으로 터득한 바로는 첫 티샷을 성공적으로 날린 사람이 초반에 좋은 스코어를 기록할 가능성이 많다는 것이다. 비행기가 이륙할 때 그 라운드에서 가속도를 붙이면서 부드럽게 이륙하는 것과 흡사한 것이다. 그렇게 보니 Tee Off는 Take Off와 다를 바가 없다. 안정된 드라이버 티샷 후에 계속적인 굿샷을 날릴 수만 있다면 이것이 바로 선수 일발에 이은 연속 히트가 되고 이렇게 되면 동반자들과의 경쟁에서 앞서 나가는 것은 불을 보듯 뻔하다.

경험상 첫 드라이버샷은 마음을 비우고 연습 타석에서와 같은 기분으로 오비가 나도 전혀 문제 없다는 가벼운 마음으로 부담 없이 때리는 것이 좋은 결과를 기대할 수 있겠다.

조폭 사회에서 통용되는 황금률이 몇 개 있다고 한다. 이것들은 회사나 다른 인간사에 그대로 적용될 수 있다. 특히 골프에서는 더할 나위 없는 금언이 될 수도 있겠다.

1. 선수(先手)를 날린다.
2. 핑계대지 않는다.
3. 불평하지 않는다.

목표한 스코어에 턱없이 못 미쳤다 하더라도 불평이나 핑계를 대지 말자.

2부_ 라운딩(Rounding)

Tour Special

　나는 백돌이다. 다년간 스코어 상에 큰 굴곡이 없는 백돌이다. 골프의 묘미는 잘 알지만 실력 향상에는 게으른 주말 골퍼이기 때문이다. 기술적인 면에 있어서 백돌이의 변치 않는 오랜 꿈은 보기 플레이이다. 꿈이란 게으른 사람에게는 느리게 다가오는 법이다. 그러나 그 꿈이 아니더라도 골프는 나를 매료시킨다. 그래서 설레는 마음으로 주말을 기다린다.

　샐러리맨 골퍼들에게 주말이나 공휴일은 특별한 날이다. 골프 라운딩을 나가거나 그저께 깨우쳤던 비법을 연마할 수 있는 절호의 기회이기 때문이다. 요즘은 평일에도 직장 일을 마친 후에 자투리 시간을 내어 실내 스크린 게임을 즐기는 마니아들이 많이 있지만 아무럼 실전에 버금갈 만한 쾌감을 얻을 수는 없다.

　스크린 골프가 야외 라운딩의 매력을 따라올 수 없는 차이가 있다. 우선 현실감이 다르다. 가상 그래픽의 정밀도가 계속 발전하고 있지만 현장에서 온 몸으로 느끼는 생동감에는 미치지 못한다. 먼 훗날에 첨단 고글을 쓰고 사방이 화면으로 둘러싸인 상황에서 플레이하게 되더라도 실제와 흡사한 느낌을 줄 수는 있겠지만 그래도 실제 라운딩과는 차이가 있다. 두 번째로 실내에서는 볼이 놓이는 다양한 환경이 구현되지 못한다는 것이다. 티샷에서 우드나 아이언을 이용할 때 사용하는 티와 여러 종류의 페어웨이 잔디에 공이 놓여있는 조건, 풀의 깊이와 억세기가 제각각인 러프와 다양한 재질의 모래로 이루어진 벙커 등은 인공적인 플레이트로 구현하기에는 한계가 있다. 마지막은 타구의 현실감이다. 클럽에 맞아 나가는 볼의 방향과 거리, 페이드(또는 슬라이스) 및 드로우(또는 훅) 각도, 그라운드에서 바운드되는 거리와 높이 그리고 그린 빠르기와 브레이크 포인트 등은 최근의 센서 과학이 이룩한 정교함에도 불구하고 스윙이나 퍼팅 스타일이 다른 제 각각의 플레이어 모두를 만족시켜 줄 수는 없는 노릇이다.

그렇다고 실내 골프 게임의 매력을 폄하하려는 의도는 아니다. 전국적으로 스크린 게임을 애용하는 골퍼가 늘어나고 있으며 그 장점 역시 많기 때문이다. 나 자신도 스크린 게임의 묘미를 체험하고 있다. 다만 기회가 된다면 실전 연습홀을 더 선호한다는 의미일 뿐이다.

평상의 주말과는 비교되는 특별한 추억을 가져다 준 토요일이 있었다. 달콤한 늦잠을 즐긴 후 정오쯤에 집 가까이 있는 쓰리홀(3개의 홀을 3번 도는 9홀 미니 골프장)로 올라간다. 이곳은 조그마한 골프장이지만 집에서 5분 거리에 있고 저렴한 회비의 회원제로 운영되고 있어서 비용 부

담도 없는 천혜의 실전 플레이 장소이다. 날씨는 5월답지 않게 후텁지근
했지만 라운딩을 즐기기에는 별 무리가 없다. 동반자 분들 중에는 가끔
어울리는 선배 두 분이 있었고 자주 초대하는 싱글 한 분이 함께 했다.

■ 장소: 쓰리홀 3회전 9홀 파36 전장 2,340m
■ 코스 특징: 파5 오르막 세컨샷에서 좌우 OB 속출함.
■ Tee-off Time: 14:00
■ 동반자: Single S프로, 치킨 좋아하는 C프로, 외로워 보이는(Lonely) L프로

  전날 밤늦게까지 와이프와 맥주를 즐겼던 터라 온 몸이 나른하지만
반대로 그 덕분인지 몸과 마음에 긴장이 풀린 것 같다. 다른 요인을 제
쳐둔다면 어깨가 축 늘어져서 힘이 빠진 듯한 몸 상태는 부드러운 스윙
을 완성하기에 적합한 컨디션이다. 억지 같지만 오히려 괜찮은 경우가
더러 있다.
  첫 세 홀을 보기 정도로 마치고 4번째 파쓰리 홀은 파로 막아 그런대
로 평균 이상이다. 그럭저럭 돌다가 마지막 135m 파쓰리 홀에 이른다.
전방 연못 뒤 나무 위에 깃발이 보인다. 약간의 맞바람과 오르막을 감
안하여 145m 목표로 5번 아이언으로 티샷을 쳐 놓고는 올라간다. 5번
으로 140m 운운한다고 놀리지 말아 주시기를. 그래도 싱글 분이 오늘
샷이 괜찮다고 한 마디 칭찬을 해준다. 이번 공은 부드럽게 맞았고 방향
성도 좋았지만 홀을 조금 지나간 느낌이 있다. 오르막에 위치한 그린이
라 홀이 보이지 않는데다가 그린 뒤쪽이 높아지는 경사라서 누구든 넉

넉하게 보내고자 한다.

　물 한 모금 마시고 가느라 스무 걸음 정도를 지체한다. 한 번에 온그
린한 선수의 여유를 내비칠 수 있는 뿌듯한 대목이다. 동반자분들보다
조금 늦게 그린에 올라가서 다른 분들이 어프로치하는 장면을 곁눈질
하며 그린 후방 엣지 부근에서 볼을 찾는다. 그런데 한참을 둘러봐도
내 볼이 보이지 않는다. 그린을 넘어가서 러프에 들어가면 간혹 공이 사
라지는 경우도 있지만 관리가 잘된 러프는 그다지 깊지도 않아서 골프
공이 숨을 만한 곳은 아니다. 불안한 마음으로 두리번거리는 중에 동반
자들 간에 '행여나' 하는 혼잣말들이 오간다.

　싱글 분이 홀 부근에서 자신이 어프로치한 볼에 마킹을 한 후 조용히
컵으로 다가가서 허리를 숙이더니 웃으면서 고개를 든다. 약간은 놀라
운 눈빛을 머금은 채. 깃발이 뽑히지 않은 채 홀 깊숙한 곳에서 볼 뒷면
에 새겨진 글자 'Tour Special'이 찍혀있는 볼을 내려다본다. 이 모든 상
황이 특별해지는 기분을 느낀다. 미소가 퍼지는 걸 감출 수 없다. 소박
한 기적은 예상치 않은 곳에서 느닷없이 찾아 온 것이다. 그러나 이곳은
자그마한 미니 골프장이라 홀인원의 행운도 조그맣게 찾아올지는 모르
겠다.

　쓰리홀 골프장 원로이신 S싱글분의 요청에 따라 그 다음 주 저녁 시
간을 잡아 자연산 광어 한 마리를 동반자 분들께 접대했고 나는 홀인원
기념패를 대가로 수상했다. 이로써 약식 뒤풀이 행사가 마무리되었으므
로 흠집 없이 1년간 운수대통을 기대해본다. 함께 플레이 하지도 않았

던 동료들이 한 술 더 뜬다. 기념식수(植樹)를 하라는 둥 동반자 분들께 선물도 나누어 드려야 한다는 둥 난리다. 조그만 미니 연습홀에서 식수까지야 얼토당토하지 않는 부끄러운 일이라 무시해버렸지만 홀인원 기념볼은 내 이름을 또렷이 박고 넉넉한 수량을 준비하여 배 아파할 만한 동료들을 포함하여 두루 지인들께 돌려버렸다.

Fun Fun 쓰리홀

　내가 사는 곳은 조그만 동네다. 여기에도 또 작은 골프장이 하나 있다. 작지만 품격이 있는 곳이다. 이곳은 두 개의 계곡을 절묘하게 매칭시켜 3개의 홀을 아담하게 조성한 곳인데 일명 쓰리홀이라고 부른다. 주말에 실전 연습 삼아 이곳 쓰리홀을 자주 다니는데 3개의 홀을 3라운드 돌면서 9홀 하프 게임을 즐길 수 있는 곳이다. 너무 작아서 드라이버 샷을 날릴 수 없다는 로컬룰이 있지만 집 가까운 곳에 잔디를 밟으며 경기를 할 수 있다는 사실 자체만으로도 행운이라고 할 수 있다. 전국의 많은 골프 마니아들이 교외에 멀리 떨어진 정규 골프장을 찾지 않고서는 18홀이든 9홀이든 혹은 더 짧은 라운딩일지라도 실제의 페어웨이와 그린을 밟으면서 플레이하기가 쉽지 않은 것이 대한민국의 현실이다.

　쓰리홀 안으로 들어가 보자. 첫 번째 홀 130여m 파3이다. 티박스가 세 군데 배치되어 있으므로 거리를 딱 집어 말하지 않았다. 거리와 방향에 약간씩 차이를 두어 단조로움을 피한다. 오르막으로 형성된 이 홀에서는 세 군데 티박스 모두에서 그린의 바닥이 보이지 않아 매번 깃발의 위치를 잘 가늠해서 어드레스를 세팅해야 한다.

좌우로 아주 넓게 펼쳐진 전방 페어웨이의 오른쪽 계곡 아래에는 이 보잘것없이 작은 골프장의 체면을 살려주는 운치 있고 널찍한 인공 연못이 있다. 종종 오리들이 노닐며 평화로운 풍경을 제공하지만 초보자들에게는 엄청난 심적 부담을 안겨주기도 한다. 친한 동료들 사이에서는 아이언 티샷을 날리기 전에 농담 삼아 이 연못의 위험성을 언급하여 긴장감과 짜증을 부채질하기도 한다.

두 번째 360여m 파5홀이다. 거리로 가늠하면 파5라는 사실이 믿어지지 않는다. 세컨샷부터 왼쪽 도그렉 심각한 오르막인 것이 그 이유인데 샷을 따라가보며 진상을 파헤쳐보자. 두 군데 티박스를 번갈아가며 130에서 140m 정도 평이한 아연 티샷을 하여 페어웨이로 진출한다. 두 번째 샷부터는 좌회전해야 하므로 왼쪽으로 잘 붙이는 것이 본 홀의 묘미이다.

잘 맞아서 인위적으로 설정해 놓은 좌측 오비 라인에 가까이 붙였을 경우 두 번째 샷은 왼쪽으로 향한 오르막 170여m 남은 거리를 아연 또는 우드로 잘라서 가게 된다. 티샷을 오른쪽 내리막의 넓은 페어웨이로 날린 경우는 좌측 끝 언덕위의 홀과는 더욱 멀어지게 되어 최대 240여m가 남을 수 있다.

잘 붙여서 170여 m 짧게 남은 선수는 욕심을 부려서 장거리 투온을 노릴 수도 있지만 앞 팀 멤버들이 그린에서 빠져나갈 때까지 기다려야 하므로 매너가 좋지 않다는 비평을 감수해야 한다. 게다가 170m 정도라고 표현했지만 상당한 오르막에다가 아주 좁은 페어웨이 그리고 오른쪽 계곡을 완만하게 끼고 꺾여 있는 그린은 공략하기가 쉽지 않다. 실제로 절반 이상의 로스트 볼이 이 구간에서 발생하는데 샷이 왼쪽으로 벗어나면 숲속 오비 오른쪽으로 나가면 계곡 오비가 발생하기 때문이다. 그래서 많은 선수들은 샷도 안전하게 매너도 안전하게 잘라서 가게 된다.

마지막 파4홀은 단 1개 티박스로부터 260여 m밖에 되지 않는 짧은 서비스 홀이다. 계단을 올라가 티박스에 서면, 앞서 말한 연못이 그린 오른쪽으로 멀리 보이고 널찍한 페어웨이는 편안함을 더하고 골프 레인지를 지나서 더 멀리는 바다를 끼고 있는 고층 아파트 건물들과 공단이 어우러져 한 폭의 그림이 펼쳐진다. 앞서 파5 두 번째 샷부터 계속 오르막을 등산해온 터라 땀이 나고 숨이 차다. 비장한 티샷에 앞서 페어웨이를 타고 올라오는 시원한 골바람에 가슴이 확 트인다.

여기서는 엄청난 내리막에 짧은 거리이므로 로컬룰에 따라 드라이버 티샷을 금지한다. 물론 웬만한 우드로 날려도 파워가 좀 있는 선수라면 그리고 정확한 방향이라면 단번에 온그린도 가능한 홀이다. 물론 그런 욕심들로 인해서 어깨에 잔뜩 힘 넣고 치는 사람들이 많아서 심한 좌우탄 내는 것을 잘 알고 있다. 우탄은 그나마 넓은 페어웨이가 연못 앞에 펼쳐져 있어서 죽을 염려는 없지만 다음 어프로치샷을 연못과 나무를 넘겨서 그린에 멈추게 하는 난이도 있는 샷이 시험대에 오른다.

티샷을 하고 나면 조금 전 힘겹게 올라왔던 파5 페어웨이를 내려가면서 같은 길을 반대로 올라오는 뒤 팀 멤버들과 마주친다. 지인들과 인사를 하고 농담도 나누면서 소박하고도 특별한 장면을 연출한다. 다소 서민적인 라운딩이라고 표현할 수 있겠다.

이 곳 쓰리홀은 쉬워 보여도 개인적으로는 은근히 어려워서 나의 베스트 스코어는 3오버였다. 물론 오프레코드이다. 9홀 기준이고 버디 1개가 힘이 되었다. 이 정도만 해도 좋은 기록이라고 자부할 만하다. 이래도 백돌이인가 싶기도 하다. 그러나 이것이 다년간 쌓아온 개인적인 코스 기록이라면 썩 훌륭하다고 할 수는 없다. 누구든 최상의 스코어는 놀라울 만큼 대단한 기록들이어서 내가 아는 평범한 분들 중에 언더파도 여러 명 있다.

기술적인 면으로 좀 더 들어가자면, 파포 홀을 제외하고는 그린이 은근히 읽기가 쉽지 않고, 특히 파 파이브 홀은 그린 쪽으로 갈수록 페어웨이가 좁아지는 데다가 세컨샷에서 욕심 부리면 바로 오비이고 세번째 어프로치샷도 그린 주변의 척박한 잔디 상태가 핀을 공략하기 어렵게 만든다. 파포의 경우 언덕 정상에서 티샷을 셋업하면 한 없이 넓어 보이는 페어웨이가 살짝 방심하게 만들지만 실제로 세컨샷이 용이한 곳은 별로 없다. 특히나 다운힐에다 딱딱한 페어웨이 컨디션으로 뒤땅이나 탑핑이 나기 쉽고 잘 맞은 세컨 어프로치도 그린에 세우기가 거의 불가능하다. 그린 앞 잔디에 원 바운드 시키기도 쉽지 않거니와 바운드된 공도 전혀 예측할 수 없는 곳으로 튀어 가기 일쑤이다.

차라리 티샷을 짧게 쳐서 파파이브 세컨샷 위치의 평평한 곳(그린으로부터 80여 m 전방으로 페어웨이 상태가 최상임)으로 보내는 게 좋은데 이 또한 심한 다운힐이라 거리 맞추기가 어렵다. 그 부근에서 파5오르막 세컨샷 준비하는 다른 팀 선수들이 옆에서 자기의 세컨샷을 약간은 측은한 듯이 지켜보는 가운데 제대로 된 샷을 구사하기란 쉽지 않다. 측은하다는 것은 왜일까? 당연히 그 위치에서 우리 샷을 보면 짧게 친 걸로 보이는 착시현상 때문이다.

쉽게 생각했던 코스에서 오비라도 나게 되면 그때부터는 에라 모르겠다면서 벼르고 벼르던 마음은 온데간데 없이 사라지고 동반자들과 희희낙락 뻔뻔(Fun Fun)한 쓰리홀 본연의 자세로 돌아오게 된다. 베스트 스코어는 늘상 나오는 것이 아니다.

오래전에 여기서 머리 올렸던 때가 생각난다. 초보자 시절 2개월간의 교습을 끝내고 레인지에서 연습하고 있는데, 연습장에서 오가며 안면을 익힌 외국인 친구들이 뗌빵 멤버로 쓰리홀 조인을 제안한 것이다. 제의는 고맙지만 라운딩 경험이 전무해서 게임은 힘들다고 했더니 자기네들도 즐기는 스타일이라 스코어는 신경 쓰지 않는다고 한다. 북유럽 신사다운 프리한 스타일이다.

용기를 내어서 참여했는데, 그렇게 어영부영 성사된 쓰리홀 라운딩에서 어떻게 9홀 게임을 마쳤는지 정신이 하나도 없었던 기억이다. 모든 것이 뒤죽박죽이었다. 티샷을 세팅하는 루틴부터 에이밍, 샷 순서, 미스샷 후의 잠정구 또는 벌타 드롭 등 헤아릴 수 없는 게임 방식 따라가기에도 바빠서 샷이나 스코어 자체에 신경 쓸 겨를이 없었던 것이다. 경기를 마치고 젊은 외국인 친구가 스코어카드를 보여준다. 친절하게도 매 홀마다 나의 스코어를 물었던 친구이다. 나는 무려 30개 오버. 그 친구들은 대략 20개 정도 오버. 파36 하프게임이었던 점을 생각하면 백돌이 평균 기록의 2배씩이나 기록했던 것이다. 어쨌든 한 번은 겪어야 할 초보자의 통과의례인 머리 올림 라운딩을 비록 미니골프장에서의 약식 게임으로나마 완수한 셈이었다.

남도(南都) 골프장

거제도와 부산을 잇는 거가대교가 개통되었다. 통행료 만 원이 비싸다느니 접속도로 엉망이라 차 막힌다느니 거제도가 교통지옥이 된다는 등 난리법석이다. 그러나 부산이 이제 코앞에 있게 된 것이고 개인적으로는 이곳에 정착한 지 17년여 만에 작은 염원이 이루어진 것이다.

그동안 라운딩 기회가 있을 때마다 부산 지역의 골프장들은 선호 대상 대략 3등 그룹이었다. 거리와 시간이 랭킹 기준이 된다. 거제도에서 새벽 시간대에 아무리 빨리 밟아도 고풍스러운 거제대교를 거치는 통영·마산·부산 루트는 못 잡아도 2시간 넘게 운전을 해야 하는 괴로움을 감수해야 한다. 그 정도 시간을 소비할 바에야 부킹이 상대적으로 수월하고 비용이 저렴한 순천 지역이나 남해를 찾는 것이 효과적이었다. 조금 더 멀리 가자면 보성이나 광주 인근까지 진출하기도 한다. 그리하여 이 지역은 2순위가 되겠다.

1순위는 지리적으로 가장 가까운 고성이나 진주 부근이다. 1순위 지역의 안타까움은, 인근에 그다지 많은 골프장들이 있지 않다는 것이다. 대도시 부산의 다양한 수준의 여러 골프장들이 3순위에 밀려나 있다는 사실은 거제도 골프 마니아들에게는 재앙이나 마찬가지이다. 이제 모두 흐뭇한 과거의 추억이 되어버렸다. 지금은 부산 지역의 수 많은 골프장들이 손아귀에 놓이게 되어 당연 1순위가 된다.

메가브릿지 개통 기념으로 부산의 하이스트 퍼블릭cc 출정이다. 서민 백돌이는 반경 2시간 내의 퍼블릭 골프장들을 꿰뚫고 있어야 한다. 12월의 초겨울이지만 몇 일째 따뜻한 날씨가 이어진다고 하니 편안한 라운딩을 기대해본다. 만약 밤사이에 예상외로 기온이 떨어져 그린이 얼어있다거나 덩달아 내 어깨까지 차갑게 굳어버리게 된다면, 십중팔구 이러한 이중고를 겪으며 백돌이의 보기플레이 꿈을 실현하기란 더욱 요원해질 수밖에 없을 것이다. 그렇게 되면 또 한 번의 좌절과 또 한 번의 부끄러움을 감수해야 할 터이다. 밥 먹듯이 느끼는 좌절감이라 이젠 덤덤해질 만도 하지만 라운딩 후의 그 익숙한 감정은 매번 신선하고 충격적인 안타까움으로 다가온다. 개인적으로도 겨울 골프는 싫어하고 차가운 날씨 속에서 라운딩을 즐길 만큼 강건하지도 않다. 한겨울 야외에서 생맥주 마시는 기분과 흡사하다고나 할까?

유명세를 타기 시작한 거가대교가 주말에 얼마나 막히는지 궁금해진다. 최악은 2시간을 예상하고 출발한다. 새벽이라면 1시간이면 족할 테지만 말이다. 골프에서 시간 약속은 엄숙히 지켜야 한다.

- 장소: 부산 하이스트 퍼블릭cc. 18홀(9홀 2회) 파72 전장 5,931m
- 코스 특징: 페어웨이 전후좌우 업다운이 심하고 2~3단의 광활한 그린이 많음.
- Tee-off Time: 16:40
- 동반자: Impact 훌륭한 I프로, 젊은 Y프로, 게임 운영이 탁월한 G프로

이 골프장도 이전에 서너 번 경험해 본 곳이라 소박한 클럽하우스와 주변 전경이 또렷이 떠오르면서 출발 전부터 잔잔한 설렘이 솟아난다. 개인적인 견해로는 하이스트cc는 퍼블릭 치고는 전반적인 퀄리티가 그 다지 떨어지는 곳이 아니다. 대부분의 골프장들이 그러하듯이 이곳도 산 중턱에 위치해서 오르막과 내리막이 꽤 많다는 것 외에는 큰 허물없 이 조성되어 있다.

필드 거리가 멀지는 않아서 대부분 파포 기준 300~350m 정도이다. 페어웨이가 좁고, 좌우 한쪽이 내리막이라 업다운힐 트라블 샷이 많이 필요하고, 그린은 엄청나게 넓고 굴곡이 심해서 쓰리펏은 다반사로 나오 게 된다. 언젠가 캐디 언니에게 골프장이 아담하고 그린은 좋다고 말을 붙인 적이 있었다. "그린이 엄청나게 크군요." 캐디 왈, "그린만 엄청나게 큽니다."

전방 탁 트인 공간에 물줄기를 뿜어내는 연못을 배치해서 한껏 폼을 잡은 인상적인 첫 홀. 어깨에 힘 빼고 80% 정도의 스윙으로 부드럽게 휘두른 드라이버는 다행히도 시원하게 페어웨이 센터로 간다. 거리는 보 잘것없어서 대략 190m 정도. 역시 초반에 몸이 풀리기 전이었던 모양인 지 요행으로 직선으로는 날아갔지만 임팩트가 없었다. 첫 드라이버 샷

이후 그린이 보이지 않는 오르막 페어웨이에서 세컨드 아이언이 뒷땅을 냈고 쓰리온해서 또 쓰리펏하여 더블을 기록하게 되었다. 다른 동반자들이 한 명 파 세이브 한 거 외에는 더블보기와 양파를 기록한다.

두 번째 홀. 평이한 내리막 파포에서 다행스럽게도 파 세이브. 다음 세 번째 홀 오르막 파포에서 또 난조로 더블보기. 오르막이 심리적으로 어렵다. 역시 오늘도 보기 플레이는 물 건너가는구나 생각하니 오히려 마음이 비워지면서 정신줄이 돌아오는 거 같다. 다음 내리막 레프트 도그렉 파파이브 홀에서 드라이버와 아이언이 그런대로 똑바로 날아갔다. 또 거리는 관심 갖지 말아 주시기를 바란다. 드라이버는 내리막인데도 210m 정도에 섰으니 비거리가 190m가 될는지 의문스럽다. 그래도 이 홀에서 파세이브 하면서 조금씩 안정을 찾아갔다. 이번 5번 홀에서 보기 세이브.

드디어 6번 파쓰리 홀에서 버디 챈스를 잡았다. 아이언은 아직 그런대로 맞고 있다. 그러나 역시 퍼팅은 여전히 초보자 수준이다. 4m 퍼팅이 어림없이 벗어났지만 마음씨 좋은 동반자들로부터 컨시드 받고 파. 7번 홀에서 용케 파세이브. 드라이버와 아이언이 큰 문제가 없으니 한결 수월해졌다. 8번 파쓰리에서 드디어 쪼로가 나서 꽃밭에 들어갔다. 어찌 잘 나간다 싶었는데, 결국 폭탄이 터지는 거 아닌가 조마조마하다. 해저드 티에서 3타 째 온 그리고 투펏하여 더블보기이다.

그린은 쓰리홀에 비하면 약 10배 가까이 넓은 거 같다. 다분히 과장된 표현인 것 같지만 숏아이언 어프로치 거리에서 그린을 쳐다보면 황량

하리만치 휑한 느낌마저 들 때가 있다. 세컨 온 할 때에도 거리를 제대로 가늠하지 않고 일단 올려만 놓자고 달려들면 보통 20~30m 좌우 라이 심한 오르막 또는 내리막 퍼팅이 기다린다. 나중에는 모두들 핀에서 3m 정도나 되는 먼 거리에 붙이는 롱 퍼팅을 하면 동반자들이 축하를 해 줄 정도이다. 9번 홀을 보기로 막고 전반에 8개 오버.

초대한 강력한 우승후보 손님 I프로와 2주 연속 스크린 게임의 위너 G프로를 물리치고 전반전에 당당히 선두를 지켰다. 내 기억엔 더블보기 3개가 뼈아팠는데도 보기 플레이가 되고 있다는 사실에 흠칫 놀란다.

후반전은 같은 9홀을 다시 돈다. 첫 홀 더블보기 악몽이 되살아나는가? 10번 홀 드라이버 날린 것이 오른쪽 언덕배기 넘어가면서 풀밭 해저드로 들어간다. 다리에 힘이 빠졌는지 마지막 임팩트와 팔로우가 부실하다. 단단한 러프라면 튕겨서 나올 수도 있었지만 제법 두터운 풀밭에 갇혀서 그런 운은 따르지 않았다. 175m 남은 해저드 티에서 5번 우드를 잡고 부드럽게 스윙했는데 예상외로 목표지점보다 30여 m나 지나가버린다. 그렇다면 5번 우드로 200m를 날린 것인가? 그럴 리가 없다. 백돌이의 거리 계산 착오였던 모양이다.

그린 지나서 또 언덕 러프. 4타 째 온그린을 했으나 25m 정도 거리에 심한 오르막 2단 그린. 5타 째 퍼팅은 1단 언덕 정상도 못 미쳐서 다시 역주행하여 오른쪽으로 미끄러진다. 참담해지기 시작한다. 이 퍼팅 볼은 실제로 5m도 전진하지 못했던 꼴이다. 결국 트리플보기. 뼈아픈 스코어가 백나인 서전을 장식하면서 암울한 분위기이다. 초대 손님의 파를 빼고는 다른 분들도 더블보기와 더블파. 아직 초보티를 벗지 못한 Y 프로는 전에 이곳에서 110개 정도를 쳤다는데, 오늘은 그런대로 100개 초반대를 기록하고 있다.

14번 홀 지나면서 해가 지고 어두워지면서 라이트가 들어온다. 색다른 경기가 펼쳐진다. 야간 플레이는 처음이라 흥미롭긴 했지만, 자신의 몸과 클럽이 만들어내는 한두 개의 진한 그림자 그리고 전체적으로 호젓한 연인이 데이트하기에 딱 좋은 밤 분위기가 경기력을 떨어뜨리는 거 같다는 초대손님 I프로의 감상이 있었다. 그래도 이 분은 후반전에 8개 오버하면서 합계 89개로 마무리. 나는 첫 홀 이후 더블보기 1개와 파 1개 외 모두 보기. 18홀 합계 91개로 2타차 2위.

정규홀은 아니지만 나의 탁월한 이 기록은 실로 수년만의 쾌거라고 하지 않을 수 없다. 보통의 정규홀에서 애버리지 95개에서 104개를 들락거리는 것이 나의 스코어 현주소이다. 나머지 두 분은 96개와 100개 초반이다.

아무도 만족하지 않는다. 게임 시작 전에는 모두들 겸손을 떨면서 실제 나온 기록들보다 최소 5개 이상씩이 자기 실력들이라고 떠들어 댔는데도 말이다. 역시 마음속에는 진짜 목표가 따로 있는 모양이다. 또 하나의 진실은 목표한 대로 마음대로 경기가 풀리고 기분 좋은 결과가 나온다는 것은 골프의 속성이 아닌 것이다.

한편 임팩트(Impact) 훌륭한 I프로는 '서민골프'에 관한 철학에 관해 나에게 '임팩트'를 주신 분이다. 이 분의 제안으로 여러 군데 남도(南都)의 퍼블릭 골프장을 따라다닌 적이 있었다. I프로의 라운딩 철학은

'가격 대비 필드 컨디션이 훌륭한 골프장에서 즐기자', '내기는 서민적인 홀매치로' '뒤풀이는 가벼운 생맥주로' 등이다. 평소 서민적이고 경제적인 골프를 선호하는 나로서는 훌륭한 철학을 가지신 이 분을 더욱 존경하게 된 것이다.

섣부른 기대

　이번에는 경남 고성의 노벨cc에서 있었던 라운딩을 소개한다. 여기는 처음이었고 섬 내의 유일한 초등학교 동기인 친구의 제안이 있었다. 이 친구와는 스크린 게임을 두어 차례 함께 플레이하면서 비슷한 스코어를 기록하긴 했지만 실제 라운딩은 경험해보지 않아서 진짜 내공은 알 수 없었다.

　누구이든 첫 실전 시합을 함께 하는 경우에는 호기심과 흥미가 치솟는다. 나머지 2명의 멤버를 쉽게 구할 수가 없어서 각자 동반자 1명씩 데려왔는데 각자의 편에서는 모르는 분이 한 명 추가된 것이다. 초등학교 동기인 친구는 조그만 개인 가게를 운영하고 있고 유일한 취미가 골프라고 하는데 과연 샐러리맨 주말 골퍼인 내가 팽팽한 접전을 펼치면서 긴장감 넘치는 경기를 치러낼 수 있을지 걱정이 된다.

　직장인들에게는 핸디 수준에 따른 쓰라린 농담이 있다. '보기 플레이어가 되려면 가정을 버려야 하고 싱글이 되려면 모두를 버려야 한다'는 말이 그것이다. 그러나 개인 사업을 하는 사람들은 직장인들에 비해 훨씬 유리한 조건이 아니겠는가? 언제든지 원하는 시간에 그리고 비용을 절약해가면서 평일의 한가한 시간대에 연습과 라운딩을 할 수 있을 것이고, 또 대부분은 직장인들보다 경제적인 여유가 더 있을 게 아니겠는가? 이런 사람들에게 골프 실력은 마음먹기에 달린 문제일 것이라는 생각이다.

실제로도 싱글이라고 떠들어대는 많은 분들 중에는 자영업자들이 많다는 것을 알고 있다. 여러모로 우려되는 상황이다. 그럼에도 불구하고 불리한 조건 속에서도 최선을 다하는 것이 진정한 백돌이 골퍼의 자존심이 아니겠는가? 평소 다짐대로 목표는 항상 보기 플레이이다. 1년에 한 번밖에 나와 주지 않는 90개 초반 기록이 이번에도 나와 주기를 기도할 뿐이다.

■ 장소: 고성 노벨cc 18홀 충무&공룡 코스. 파72 전장 5,931m
■ 코스 특징: 그린 전방 다수의 벙커샷이 필요함.
■ Tee-off Time: 09:17
■ 동반자: Alumny(동기) A프로, 키 큰(Tall) T프로, 치킨 좋아하는 C프로

노벨에서는 목표를 달성했다고 생각한다. 90개를 보기 플레이로 보고, 92개 정도를 기록했으니 이렇게 우겨보는 것이다. 마지막 홀 끝나고 캐디에게서 받은 스코어 카드를 동료 분이 분실해버려서(이런 일은 예전에 다른 멤버들과도 자주 있었는데, 이상하게도 내가 스코어 카드를 챙기지 않으면 분

실되는 경우가 종종 있었다. 이번에도 누군가 실망에 젖은 동반자가 고의로 없애버린 것이 아닌가 의심하게 된다) 내 스코어를 확신할 수 없어서 92개 '정도'라고 표현한 것이다. 혹시 깜박해버린 우호적인 일파만파가 있었다면 +1이 될 수도 있겠다. 이로써 1년에 한 번 나올까 말까 한 기록이 또 한 번 수립되었다. 백돌이에게 90대 초반 기록은 뿌듯한 자부심을 안겨준다. 더불어 개인사업자 백돌이와의 경쟁에서도 보기 좋게 우승컵을 들어 올린 셈이다.

이 곳 골프장이 딱 내 스타일의 필드라는 생각을 해보았다. 대부분의 코스에서 페어웨이가 널찍해서 드라이버 티박스에서도 릴렉스가 가능하고, 거리는 짧지 않아서 도전 정신을 유지하게 하고, 그린 앞에는 대부분 벙커가 막고 있어서 난이도를 올려놓았다. 사실 이번에는 백핀이라 큰 의미는 없었다. 넓은 그린에다 좌우 경사 읽기가 여간 까다롭지 않아서 쇼트게임 묘미도 더 한다.

도전적이라야 내 스타일의 필드가 될 수 있다는 것이다. 일상에서도 Easy Going은 내가 추구하는 라이프스타일이 아니다. 게다가 거의 모든 티박스에서 그린이 훤하게 보여서 스트레스 풀리는 호쾌한 티샷이 가능하고, 주위에는 바다가 자주 보여 시원한 풍경을 제공한다.

드라이버가 그런대로 맞아주니 기분이 상쾌하다. 아이언도 실수가 별로 없어서 쾌조의 컨디션으로 출발한다. 벙커와 칩핑에서 두세개 미스가 나서 점수를 까먹었더니 전반전에 10개 오버해버린다. 파 서너 개를 미스샷 몇 개로 말아 먹은 셈이다. 이 정도 괜찮은 컨디션에서도 보기 플레이가 이렇게 힘들진 데, 80대 중반은 얼마나 요원할까 싶다.

동반자 한 분(T프로)이 내 스윙이 부드럽다고 칭찬해준다. 답례로 나는 그 양반의(처음 만난 한두 살 연하의 플레이어) 호리하고 균형 잡힌 뒤태가 멋있다고 떠들어댔다. 이 분은 실수가 잦고 스코어도 잘 나오지 못하는 상황이었지만 유쾌하게 플레이하는 기분 좋은 동반자였다.

막걸리 한 잔 마시고 난 뒤 재개된 후반전. 첫 2개 홀에서 좀 더 안정을 찾아가면서 파와 보기 세이브를 번갈아 성공시킨다. 보기 플레이가 목표인 백돌이에게는 보기만 기록해도 세이브라 표현해야 한다. 깔끔한 스타트와 탄탄한 폼으로 자신감이 살아나서 이 분위기를 유지하면 90개 이내 스코어도 가능하겠다는 섣부른 기대를 가져보게 된다. 그러나 2개 홀로 끝이었다. 12번 홀부터 드라이버 오비를 필두로 난국에 들어선다. 3개의 홀에서 계속 무너져서 더블 보기 2 개와 파쓰리 더블파를 연속으로 해먹어버린다. 역시 핸디는 아스팔트도 뚫고 나온다는 말을 실감한다. 그렇게 단단하고 안정적인 분위기에서도 무너질 수 있다니. 결국 순식간에 처참하게 몰락한 것이다. 무너져버리니 마음이 비워지고, 마음을 비우니 다시 컨디션이 올라온다.

마지막 3개 홀에서 뒤늦게 정신을 차렸지만, 그때는 이미 90개 안쪽 스코어는 물 건너가 버린 형국이었다. 백돌이 핸디는 어느 홀 어느 구석에 숨어 있을 지 알 수가 없다. 그리하여 수년 만에 잡은 90개 이내 찬스는 안타깝게 무산되었지만 그럼에도 불구하고 실로 오랜만의 90대 초반 기록을 달성하게 되어 뿌듯해지는 순간이다.

라운딩을 끝내고 함께 한 초등학교 동기 친구와 오랜만에 식사를 하면서 많은 이야기를 나누었다. 이 친구는 거제도 관내에서 프랜차이즈 치킨&맥주 전문점을 운영하고 있는데 약 3년여 호황을 유지하면서 꽤 수입을 올렸다고 한다. 매일 심야까지 영업하고도 주말에까지 손님이 넘쳐 20여 개 테이블이 쉴 새 없이 돌아갔다고 한다. 돈 많이 번 것을 자랑하느냐고 넌지시 핀잔을 주었더니 이 친구의 대답은 "돈은 좀 벌고 있지만 도무지 시간이 없어서 그렇게 좋아하는 골프를 즐길 수가 없다"는 것이다. 경기를 시작하기 전 친구의 골프 실력에 대한 나의 예상은 보기 좋게 빗나간 셈이었다.

룰은 전과 동

스크린 게임의 매력은 단연 편리함과 안락함 그리고 정보의 완벽함이다.

편리함이라 함은 우선 예약이 쉽다는 것이다. 하루 전 예약은 100%이고 당일 예약도 가능한 곳이 많다. 자영업자들의 낮은 사업 성공률에도 불구하고 스크린 골프장만큼은 우후죽순처럼 퍼져가고 있다. 500만 골프인구가 그들을 먹여 살리는 모양새이다. 이동도 간편하다. 나는 자동차 트렁크에 캐디백과 골프신발을 상주시켜두고 있으므로 언제든 약속이 잡히면 특별히 준비할 것도 없이 5분 대기조마냥 시간에 맞추어 나갈 수 있다. 주변의 서너 개 단골 스크린 골프장들은 멀어야 자동차로 15분 거리 내에 있다.

복장이 자유롭다. 여름에는 반바지도 거절당하는 법이 없고 등산복도 좋다. 작업복도 문제없고 트레이닝복도 무관하다. 모자도 필요 없다. 정규 라운딩처럼 격식을 따질 필요가 없는 사적인 공간에서 플레이하기 때문이다. 비용도 저렴하여 보통 18홀 게임에 인당 2만 원을 받지만 한때 경쟁이 치열할 때에는 주말 오후에도 1만 5천 원까지 할인해주는 골프장이 있었다.

캐디도 필요 없다. 손만 뻗치면 클럽을 골라잡을 수 있고 목표 지점의 모든 정보가 한 눈에 들어온다. 갑작스런 모임에 My 클럽 없이 참여가 가능하다는 것도 커다란 장점이다. 하우스 클럽을 무상으로 대여할 수도 있고 마음씨 좋은 동반자의 클럽을 공유할 수도 있다. 물론 그라파이트 클럽을 사용하는 선수는 하우스 클럽들이 대개 스틸이라는 점을 감안해야 한다. 대여한 클럽 핸들링에 아차 감을 잃으면 엄청난 재정 손실이 올 수 있다. 내 공도 필요치 않다. 바깥 라운딩이라면, 가끔씩 오비 내서 타이틀리스트 같은 고급 볼이 사라지면 통닭 한 마리 가격이 날아가 버리는 그런 불상사는 여기에 없다.

안락함은 실내 골프 최상의 가치이다. 편안한 소파에서 동반자의 플레이를 관전할 수 있다. 게다가 음료나 음식은 원하는 만큼 즐길 수가 있다. 우리 고정 모임의 주메뉴는 역시 치킨과 생맥주이고 가끔은 허기진 선수가 있으면 게임을 중지하고 배달음식을 시켜먹는다. 배가 고파서 경기력을 떨어뜨린다는 핑계 하나는 제거되었다는 말씀이다.

조용한 실내에서 동반자들 간에 농담과 대화가 언제든 가능하다. 오비를 냈다고 해서 쓸쓸하게 동료들과 헤어질 필요가 없는 것이다. 동료들과의 스킨십이 더 쉬워져서 웬만한 나이스샷만 나와도 하이파이브는 습관이 되었다.

정보가 완벽하게 제공된다. 거리나 높낮이를 일일이 캐디에게 물어볼 필요가 없다는 것이다. 샷을 위한 모든 정보는 화면에 나타난다. 누가 먼저 쳐야 하는지 주위를 둘러볼 필요가 없다. 앞 선수가 샷을 하자마자 다음 타자의 이름을 화면에 나타내주기 때문이다. 게임 후에는 모든 기록들 심지어 드라이버 평균 비거리, 페어웨이 안착률, 퍼팅 횟수 등을 일목요연하게 비교표를 만들어 계산서처럼 제시해준다. 어떤 선수는 어느 스크린 경기에서 최고 기록 2언더파를 기록했다면서 컴퓨터 스크린 샷을 인증 삼아 보내오기도 했다.

스크린 내기 골프 두 게임의 스토리를 샘플링으로 회상해본다. 고정 동반자들끼리 한두 달에 한 번 정도씩 갖는 주말의 친선 모임이 있다. 게임(Game) 운영과 집중력이 탁월한 G프로, 즐겁게(Joyful) 플레이하는 J프로 그리고 물 반 고기 반을 주창하는 어부(Fisher) F프로이다. 타당 스크래치 2천 원으로 시작하고, 매 홀당 각자가 이긴 금액의 절반을 모금해서 게임비와 식사비를 마련하는 룰이다. 게임비와 식사비는 일종의 세금인 셈이다.

 1차전

초반에 F프로와 J프로가 평상시와 다르게 게임을 안정적으로 잘 운영하면서 나는 몇 만 원 이상 상했고, 후반전 들어서 배팅 금액을 약간 올렸는데, 13번 홀부터인가 모두 더블판으로 세팅되었다. 돈 잃은 선수가 한두 명 나오면 배팅 금액이 거부반응 없이 잘 올라간다. 14번 홀에서 세금 갹출이 마무리되었는데, 이때까지 나는 가랑비에 옷 젖듯이 지갑에서 돈이 세어나가고 있었다. 한숨이 나온다. 예전에는 이 모임이 말 그대로 물 반 고기 반이었는데, 이젠 조금이라도 덜 상하는 것을 걱정해야 하는 상황이다.

세금 없이 순수익으로 잡히면서 배판이 유지되고 있다. 15번 홀 파쓰리였는데, 내가 오랜만에 버디를 기록하게 된다. 게다가 니어(Near)까지 1타 추가. 이런 경우를 대박이라고 하는 모양이다. 아쉬웠던 것은 G프로가 어프로치 칩인되는 행운으로 덩달아 버디를 하면서 나의 수입이 덜 짭짤했다는 것이다. J프로는 불운하게도 더블파해서 4타차, 버디와 니어 2타 추가하니 쫄판에 폭탄 수준이었고, F프로께서는 더블보기 3타차. G프로는 버디로 동타이지만 니어만 1타차. J동료는 각 멤버들에게 다 계산하고 나니 평화롭던 안색이 붉게 물들었다. 서민에게는 폭탄 수준이었던 셈이다. 파포나 파파이브에서 이런 사태가 벌어졌다면, 아마 더 크게 코를 다쳤겠다는 감상이다.

그럭저럭 마무리 하니 G멤버와 나는 소액 출혈이지만 영업이익은 플러스. F프로와 J프로는 전체 게임비 부담에 막걸리까지 산 셈이 되어버렸다. 그리하여도 순익을 실현하는 온전한 위너는 없었으니 건전한 게임이라고 할 만하다.

🏌️ 2차전

드라이버와 아이언의 방향성이 무너진 나의 참패. G프로가 유일하게 우승자였고 나머지 두 멤버도 식사와 게임비에 조금씩 자금을 지원한 상황이었다. 드라이버는 좌우 오비가 다발하고 아이언이 얼마나 맞지 않았으면 제대로 된 버디 챈스 잡아보는 게 하늘의 별 따기였다. 버디 성공은 딱 한 번밖에 없었다. 평소 물 반 고기반이라고 우기는 F프로께서는 그 별명 '어부'가 무색하지 않게 4번이나 버디를 성공시켰지만 아우디를 2회씩이나 기록한 G프로의 안정적인 게임운영에 막혀서 우승을 놓쳤다.

스크린 게임 성적은 실전 라운딩보다 10개 정도씩 우수하게 나온다. 물론 난이도에 따라 약간의 수준 차이가 있겠지만, 평균적으로 게임의 위너가 되기 위해서는 10개 정도로 막아줘야 한다. 20개를 넘어가면 지갑이 털리는 수준이 된다. 우리 백돌이들은 대개 이 수준에서 오르내린다.

본 멤버들의 최근의 대여섯 게임 성적을 살펴보면 G프로가 상향 안정적, 나는 하향 들쭉날쭉, F프로와 J프로는 하향 노심초사 정도 되겠다. 우승자였던 G프로는 좀 미안했던지 모처럼 한우 소고기 집으로 안내를 한다. 평소에는 파전이나 삼겹살 정도가 위너의 포상이었다.

요즘 본 스크린 모임이 활성화되는 거 같아서 가끔씩 주말 기분이 꽉 차는 느낌이다. 그동안 땜빵 멤버였던 J선수가 고정으로 합류하면서 조직이 탄탄해졌고, 약간의 베팅이 감초 역할을 해서 긴장감을 높이고 있다는 느낌이며, 멤버들이 모두 마다하지 않고 즐길 수 있는 'Why Not' 분위기가 무르익는다. 선수들이 모두 경기 자체도 긴장감 있게 즐기지만 그보다는 동료들끼리 어울리는 모임 자체를 더 즐거워하는 것 같다. 경기가 끝나면 승자와 패자 그에 따른 경제적 지출의 대소(大小)에 개의치 않는다. 주말 모임이라 평상시 일정에도 불편함이 없다. 모쪼록 품격 있는 이 모임이 오래 지속되었으면 하는 바람이다. 개인적으로는 회비가 좀 덜 상하면서 유지된다면 금상첨화가 되겠다. 최근의 두 게임을 통해 모임의 재미가 한껏 올랐다. 미리 다음 경기를 예고해놓고 같은 멤버들끼리 복수전 삼아 뭉치기로 해본다. 룰은 전과 동, 연습과 전략은 사람의 것, 승부는 신의 것이다.

파쓰리 나인홀

처가의 집들이 겸 가족 모임이 있었다. 장소는 경북의 어느 소도시이다. 주말을 이용해 처갓집 방문차 인근의 고향에도 다녀오게 된 것이다. 아이들은 시험 기간이라 집에 두고 와이프와 둘이서 가볍게 이동했고 장모님이 최근 이사한 집에서 하룻밤 묵었다.

처음 골프를 접하고 한동안 몰두하던 시절이 있었다. 명절날 가족들끼리 모인 자리에서 장모님이 느닷없이 나에게 던진 당부가 생각난다. 아주 걱정스러운 표정을 지으며 사정 아닌 애원을 하신 것이다. "강 서방, 그 골프라는 거 함부로 하지 마래이. 큰일 난대이."

장모님은 40여 년간을 시골의 쓰러져가는 촌가에서만 지내셨던 분이다. 돈에 아무런 욕심이 없어서 자투리 돈이 생기기라도 하면 어떤 명목을 만들어서라도 자식들 나누어주기에 바쁜 분이었다. 그 작은 촌집에서 불평 없이 40년을 사셨던 분이 갑자기 어떤 연유가 있었는지 이번에 이사 오게 된 이 집이 너무나 마음에 든다는 것이다. 새로운 집에서 마음 편히 건강하게 잘 지내셨으면 하는 바람이다. 사위의 유일한 취미 생활인 골프도 더 많이 이해해주시기를 바라본다. 장모님께서 아이처럼 좋아하는 그 집을 잠시 소개해본다.

고풍스러운 이 집은 어린 시절 나의 고향집을 떠올리게 한다. 30년 정도 오래된 2층 건물이라 요즘 트렌드라던가 시대에 맞는 인테리어 는 기대할 수 없다. 전체적으로 대낮인데도 꽤 어두웠고 거실 내장 벽 은 오래된 목재 마감에 색깔이 짙은 나무색이라 어둠침침함을 더하고 화분과 잡동사니로 가득 찬 베란다는 쓸 데 없이 널찍해서 거실을 좁 게 보이게 하고 창문을 통해 들어오는 빛은 너무 인색해서 대낮에도 불을 켜야 할 판이다. 와이프는 이런 부분들이 마음에 들지 않는 모 양이었다. 손대려면 끝도 없을 거 같고 돈도 엄청 깨질 것이다. 더더욱 이제는 입주까지 해버렸으니 집을 비우고 대대적으로 손보는 것은 물 건너갔다고 봐야 한다.

나는 고풍스러운 이 주택이 마음에 들었다. 외관은 붉은 색의 단단한 벽돌이 빈틈없이 메워져 있고 군데군데 이끼와 물때 등으로 세월의 흔 적이 엿보인다. 안으로 들어가면 짧지만 복도처럼 생긴 공간이 여유 있 어 보이고(요즘 규모 있는 아파트들이 대략 그렇듯이) 안방도 널찍하며 거실의 붙박이 책장(이 놈이 아주 길고 커서 거실 넓은 한쪽 벽을 꽉 채웠다. 깊이도 깊어 서 웬만한 크기의 장식품들이 놓이기에도 충분하여 이전 주인의 도자기도 몇 점 유산 처럼 전시되어 있다) 또한 우직해서 아주 인상적이다.

전 주인이 남기고 간 골동품들 특히 오리엔탈적인 대형 사이즈의 그림 액자들과 수석 몇 점, 기타 장식용품들은 꽤 수준이 있어 보인다. 특히 골프 백돌이인 나의 눈에 띄는 명물이 하나 보인다. 전 주인 할머니의 아들이 주인공쯤으로 추정되는 이글 기념패가 그것이다. 크리스털로 만들어진 독수리 모양의 꽤 큰 조각물인데 날개 부분이 커서 그 품격이 돋보인다.

모두가 내 눈에는 버리기 아까운 예술품으로 보였다. 오래된 물건에 대한 애착이 별로 없는 와이프의 눈에는 모두 쓸 데 없는 폐기물처럼 비치는 모양이다. 결혼한 지 20년이 넘은 나도 폐기물처럼 쳐다 볼 기세이다. 하여튼 골동품 같은 이 집은 내부 조명을 손보고 정리 정돈만 깔끔하게 하면 아기자기하고 엔티크한 실내 분위기를 만들 수 있겠다는 생각이다. 물론 먼 미래의 구상일 터이다.

서울에서 처남 가족도 함께 내려왔다. 일요일 오전에는 최근에 백돌이 클럽에 가입한 처남의 제안으로 둘이서 근처의 파쓰리 나인홀 골프장을 찾았다.

- 장소: 청평 Ciel 골프장. 9홀 파72 전장 1,135m
- 코스 특징: 전 홀이 모두 파3. 그린이 작아서 티샷 온그린 플레이에 포커스를 둠.
- Tee-off Time: 10:24
- 동반자: L프로(Brother in Law)+현장 조인 커플

자동차로 10여분 거리의 한적한 시골 도로를 달리면 논밭의 거름 냄새가 솔솔 풍기는 청평이라는 작은 동네에 Ciel 골프장이라고 적혀있었

다. 100여 m에서 175m까지 다양한 거리의 파쓰리 홀을 9개 만들어 놓고 나인홀 기준 인당 2만 2천 원을 받는다. 둘이서 왔으니 물론 조인해야 한다. 주위 경관이나 페어웨이, 그린 등은 훌륭하게 조성되어서 라운딩비가 전혀 아깝지 않다. 휠이 2개 달린 개인 카트를 마음대로 끌고 다니니 크게 힘들일 일도 없다.

다만 거리가 많이 짧고 그린도 아담해서 여성들에게 더 어울릴 것 같은 느낌이 든다. 다음 가족 모임 때는 커플끼리 함께 오면 좋겠다고 생각해본다. 그걸 실현하자면 오랜 숙제인 마눌님의 교습을 마쳐놔야 할 일이다. 처남댁도 기초 교습을 이미 받았고 곧잘 공을 띄운다고 한다. 그래서 다음 휴가 때나 명절날 두 커플이 함께 오기로 힘없는 남편들끼리 멋대로 입을 모았다.

파쓰리 9홀 라운딩의 기억은 별다른 것이 없다. 그런데 조인한 커플이 심상찮다. 얼마나 다정한지 진짜 부부인가 싶을 정도였다. 여성분이 샷을 하고 나면 우리의 이목이 흐트러진 틈을 타서 남자가 그녀의 머리카락을 쓰다듬는가 하면 여차하면 엉덩이에 하이파이브라도 해대려는 태세였던 것이다. 우리와 조금만 거리가 멀어지면 여자의 까르륵 웃는 희미한 소리에 자꾸만 뒤돌아보게 되는 신경 거슬리는 분위기가 된 것이다. 40대쯤의 나이에 뭐 그리 깨가 쏟아지는 에피소드가 많던지 샷하는 침묵의 순간 외에는 연신 연인의 대화가 오가는 것이었다.

너무나 화기애매해져서 처남과 나는 골프를 쳤는지 갤러리를 했는지 헷갈릴 정도였다. 여성분이 예뻐서 질투가 솟아났는데 이것이 우리의 샷을 완전히 무너뜨렸다. 한 번은 처남이 다가와서는 말했다. "매형, 경상도에서 이런 닭살 커플이 있네요." "하이파이브 대신에 끌어안고 입맞춤 하는 것도 아닌데 뭘."

　우리네 백돌이는 절반이 넘는 티샷을 온그린하지 못했고 그린에 올린 몇 개의 볼도 버디로 연결되는 행운은 없었다. 스코어는 처남이나 나나 거의 정확하게 보기 플레이였다. 파 서너 개를 같은 개수의 더블보기로 상쇄한 형국이었다. 결국 평범하고 거리 짧은 파쓰리 골프장임을 감안하면 여전히 백돌이가 확실한 모양이다. 닭살 커플 핑계도 골프의 일부분이었다.

돈과 명예

대단한 일심 단결로 지인 멤버들과의 평일 라운딩 회합이 성사되었다. 가끔씩 주말에 스크린 골프 게임을 즐기는 동호회원들 간에 실전 라운딩이 기획된 것이다. 시간에 묶인 주말 골퍼들에게는 대단한 이벤트가 아닐 수 없다. 선정된 골프장은 남해cc와 타니cc로써 3일 연속 출퇴근 라운딩으로 마음을 모았다.

공부와 직장으로 현업에 바쁜 가족들에게는 조금 미안한 마음이었지만 1년에 한두 번뿐인 나만의 휴가이므로 그동안 저축시켜둔 내조 남편의 점수까지 까먹을 정도는 아니었을 것이다. 게다가 새벽에 출발해서 저녁 전에 돌아오게 되니 와이프 퇴근 시간에는 맞출 수 있어서 픽업 서비스는 해주리라 마음먹었다.

이번에는 연속 라운드이니 평소 18홀 기준이 아니라 3라운드 합계로 애버리지 90개의 야심찬 목표를 잡아보았다. 그늘집 막걸리나 생맥주도 줄이고 집중력을 높여서 매 샷에 목숨을 걸어보고자 결심했다. 같은 멤버들과 이전 스크린에서 2차례 연속 패배였으니 비장한 마음가짐이 필요했다.

휴가를 내서 라운딩을 한 것은 그것도 주중에 3일 연속으로 경기한 것은 처음이라 여간 생소하지 않았다. 투어 프로골퍼들이 출퇴근하는 듯한 뿌듯한 기분이기도 했고 한편으로는 평일날 빈둥거리는 실업자 같은 기분도 가지게 되었다. 멤버들끼리 서로 놈팽이 된 거 같다고 농담하며 아이처럼 즐거운 한때를 보냈다.

새벽에 집결하여 트렁크가 넓은 내 차로 이동했다. 첫날 남해cc로의 이동은 역시 섬 내의 꼬불꼬불한 2차선 국도를 타고 갔는데 드라이브하기에는 꽤 지루했고 이틀 연속의 진주 타니cc는 1시간 내 운전이라 졸리는 구간이 없어서 괜찮았다.

- ■ 장소: 남해힐튼cc. 18홀 파72 전장 6,380m
- ■ 코스 특징: 거리가 짧지 않고 잔디가 잘 패임. Out 코스에 파5 3개임.
- ■ Tee-off Time: 08:35
- ■ 동반자: F프로(Fisher, 어부), G프로(게임 운영의 귀재), J프로(유쾌한, Joyful)

남해에서의 라운딩은 아주 오래된 기억처럼 가물거렸다. 사실 기억하고 싶지 않은 면이 많아서 그런지도 모르겠다. 스코어도 형편없었고 유쾌한 플레이가 별로 없어서 좌절감에 이은 반성의 시간이었다. 쇼트게임 외에는 거의 절망적인 수준이었는데 드라이버는 최악은 아니지만 간간이 오비나 해저드로 향하고 아이언이 완전 난조였다. 계속 볼이 왼쪽으로 향하고 그것도 떨어지는 시점에는 훅이 걸려서 더 왼쪽으로 흘러

버렸던 것이다. 두어 번은 세컨샷 오비가 나기도 했으니 너무 창피해서 소개할 용기가 없다. 버디 챈스는 아예 기억에 없는 듯 했다. 어프로치와 퍼팅은 그런대로 평균작하여 결국 28개 오버 합계 100타. 보기 플레이의 길은 아직도 너무 멀었다. 오래 전 이곳에서 89개 라이프 베스트를 기록한 것은 전설이 되었다.

그러나 오랫만에 밟아보는 남해의 양잔디와 바다 경치 좋은 코스는 기분 전환으로 대성공이었다. 멤버들과는 스크린에서처럼 타당 스크래치로 말 그대로 '룰은 전과 동'이었다. 90개 초반을 기록한 F프로를 제외하고는 나머지 멤버들도 나와 비슷한 스코어를 기록했으므로 크게 털린 선수는 없었던 셈이었다. F프로께서 늦은 점심을 사고 첫날은 퇴근했다.

둘째 날 타니cc. 청룡 코스라고 이름 붙은 퍼블릭인데 나중에 알고 보니 정규 18홀과 전혀 차이가 없이 훌륭한 코스였다. 장마전선이 전날 새벽부터 북상하여 남해에서는 얼마간 가랑비를 맞기도 해서 이 날은 비옷까지 챙겨갔는데 의외로 비 한 방울 없이 좋은 날씨에서 티오프했다. 후반전에는 햇빛까지 쏘이게 되어 양팔이 태닝까지 될 정도였다.

타니cc는 처음이었는데 경복궁 입구를 연상시키는 한옥 스타일 클럽하우스를 비롯하여 잘 다듬어진 코스와 조경이 환상적이고 살짝 좁아 보이는 적당한 거리의 페어웨이는 긴장감을 높이는 정도이고 하얀색 이국적인 벙커들은 크리티컬한 곳에 적절히 안배되어 있다. 여기도 훌륭한 코스라는 생각을 해본다.

■ 장소: 타니cc 청룡&백호. 18홀 파72 전장 5,889m

■ 코스 특징: 넓지도 좁지도 않은 아담한 페어웨이. 또박 프로들에게 유리

■ Tee-off Time: 07:28

■ 동반자: 상기 동일

파포 1번 홀. 스크린 룰처럼 첫 드라이버 한 번에 한해 미스가 나면 멀리건을 받기로 한다. 18홀을 통해 더 이상 봐주는 일은 없다. 타당 내기이므로 이런 점은 엄정하게 관리한다. 내가 1번 타자로 나선다. 전혀 풀리지 않은 몸이라 부드럽게 스윙했다. 그러나 볼은 대책 없이 왼쪽 OB 구역으로 직행한다. 다른 선수들은 그런대로 페어웨이로 보내고 있다. 멀리건 받고 한 번 더 이번에는 제대로 간다. 세컨에서 온그린하여 홀에서 3~4m 거리이다. 별 기대 없이 퍼팅한 것이 그대로 컵인 되었다. 멀리건 버디였지만 기분이 업 되고 시작이 순조로울 거 같다. 다른 선수들은 파 또는 보기였지만, 스코어 카드에는 나만 빼고 All 파가 기록된다.

두 번째 롱홀 파파이브에서 G프로를 뺀 나머지 세 선수들이 심각한 난조이다.

트리플 또는 쿼드러플 보기. G프로만 계속 파 행진을 이어가고 있다. 오늘 제대로 엮인 모양이다. 세 번째 홀에서 정신 차리고 파 세이브. 다른 선수들도 이번 홀부터는 미스 없이 잘 쳐낸다. 천 원짜리 지폐들이 오가면서 분위기가 무르익어간다. 이후 F프로께서는 그런대로 보기 플레이로 막아내고 있다. 나와 J프로는 트리플 1개씩 추가하면서 전반전에 각각 11개&12개 오버. G프로는 잘 나가더니 4번 홀부터 흔들려서 트리

플과 파쓰리 더블파 등을 기록하면서 결국 나와 동타 47개. 전반에 벌써 11개 오버를 기록했으니 분위기 좀 다운되고 있다. 첫 홀 멀리건을 고려하면 13개 오버이다. 이런 식으로 가다가는 전날과 같은 백돌이 분위기가 될 것 같은 암울한 기분이다.

막걸리 한 잔 하고 후반전 돌입. 파파이브 10번 홀에서 파 위너 하면서 분위기 쇄신한다. 후반전만큼은 야심차게 싱글을 목표로 잡는다. 그러나 백나인이 더 어려울 수 있다는 캐디의 말이 현실이 되고 있다. 11번과 12번 파포홀에서 트리플과 더블파를 연속으로 해먹으면서 스코어 관리는 물 건너가고 '에라이 모르겠다' 모드가 되어 버렸다. 게임 머니도 꽤 상했다. 2개 홀에서 5~6만 원 출혈이라니.

다른 선수들도 조금씩 둘쭉날쭉하면서 평균 타수를 맞추어 가는 분위기인데 난 15번까지 이미 후반에만 11개 오버를 기록한다. 이제는 욕심 버리고 편하게 100개 치자는 생각이 들 뿐이다. 골프라는 게 묘하다. 잔뜩 기대를 하면 좌절시키고 마음을 비우면 또 기대를 품게 하는 나이스샷이 나온다는 것이다.

16번 파파이브에서 행운이 찾아 와서 쓰리온이 된다. 이전까지 나락을 헤매고 다녔으니 행운이라 할 수밖에 없다. 드라이버와 우드가 제대로 맞았고 짧은 거리 어프로치도 핀에서 4~5m 근방에 떨어진다. 아무도 기대하지 않았던 퍼팅이 홀컵에 떨어지면서 제대로 된 버디 성공이다. 쿼드러플 기록한 J프로는 난감한 분위기이고 다른 분들도 놀람과 축하 모드이다. 고생 끝에 낙이 온 기분이다.

17번 파쓰리 140여 m. 캐디가 내 모자에 버디 기념 스티커를 붙이고 난 후 아이언 첫 샷. 평일이라 꽤 많은 홀들의 핀이 엣지 근방에 배치되어 있다. 이번에는 왼쪽 앞부분에 깃발이 서 있다. 안전하게 오른쪽 넓은 그린을 향해 친 아이언 샷이 제대로 맞긴 했지만 약간의 잡아당기는 실수성으로 드로우가 조금 걸리면서 왼쪽 엣지에서 20센티 정도 안쪽 그린에 떨어진다.

이런 행운이 있을 수가 있나. 홀컵과는 3m 정도. 또 찬스가 왔고 이번에는 니어까지 한 타 추가도 있으니 속으로 늑대 같은 음흉한 웃음이 나온다. 다른 선수들도 그런대로 잘 쳐서 파 2개 보기 하나를 기록한다. 나는 조금 어려운 라이를 극복하고 포물선을 그리는 버디 퍼팅에 성공한다. 연속 버디였던 것이다. 사람들이 바빠진다. 캐디는 또 그 새 모양의 스티커를 붙인답시고 내 모자를 빼앗아가고 다른 멤버들은 돈 계산하느라 분주하다. 나는 이번 2개 홀에서 돈과 명예, 기분까지 다 되돌린 셈이 되었다. 타수를 2개 줄여 백돌이 대신 90개 쪽으로 가까이 간 것은 더 다행스럽다고 할 수 있겠다.

마지막 18번 홀 롱홀 파포에서 모두들 헤맨다. 더블 2개와 트리플 하나. 나도 아이언 투 온에 실패한다. 연속 버디 분위기를 이어가야 하는데 약간 맥이 풀린다. 아직도 아이언이 조금 불안해서 왼쪽으로 쏠리는 샷이 자주 나온다. 아마 임팩트 때 양 발바닥을 붙여야겠다는 강박관념이 팔로우를 불편하게 해서 왼팔이 자연스럽게 뻗어주지를 못하고 당기는 샷이 나오는 것 같다. 다음 날을 위해서 임팩트 후 오른 발에 신경을 쓰기로 마음먹는다.

어프로치샷을 멋지게 해서 핀에서 가까운 쓰리온이다. 퍼팅 감각이 물 오른 상태라 3~4m 정도 거리를 또 가뿐하게 성공하여 파를 기록한다. 3번씩이나 멋있는 퍼팅이 들어가니 다들 내 퍼팅이 가히 프로급이라고 혀를 내두른다. 다른 선수들이 헤매는 바람에 이번 판까지 수입이 짭짤하다. 후반전에 버디 2개로 스코어 줄여서 9개 오버. 총 20개 오버였지만, 실제 기록은 멀리건 빼고 94개. 아주 만족스럽지는 못했지만 줄버디가 분위기 반전시켰다.

나중에 찾아온 소름 끼치는 순간의 기억이 있다. 만약 마지막 홀에서 또 버디를 기록했더라면 어땠을까? 생각만 해도 가슴이 뛴다. 일명 '사이클링 버디' 그것도 만년 백돌이가.

마지막 날 타니의 정규홀 현무-주작 코스를 시작하기 전에 전날 줄버디 기념으로 아메리카노 커피 한 잔씩 돌리고 그저께 저녁에 택배로 받은 이제는 전설이 된 쓰리홀의 홀인원 기념볼 캘러웨이 3개짜리 1박스씩 동반자분들께 선물도 했다. 기분 좋게 마지막 날 출발이다. 좀처럼 뭉치기 힘든 개인 휴가 중의 라운딩을 기념하기 위해 지난주에 미리 추가로 주문을 해 놓은 거였는데 기막힌 타이밍에 줄 수 있었다.

전반에는 F프로께서 안정적인 보기 플레이를 하는 가운데 딱 9개 오버했고 J프로가 5번 파쓰리에서 버디를 하는 등 앞선 2개 라운드에서의 꼴찌를 만회하려는 듯 좀체 무너지지 않고 트리플 이상은 허락하지 않으면서 전반 8개 오버로 선두로 나섰다. 나는 파 1개, 보기 4개, 더블

보기 3개, 트리플 1개로 무려 13개 오버. 아이언이 역시나 좌탄이 심하게 나고 있다. 오른 발바닥의 팔로우 방해도 잘 고쳐지지 않는데다가 근본적인 문제 파악이 힘들고 임시 처방도 여의치 않아서 여전히 불안하기만 하다.

한 번은 300m 짧은 내리막 파포이길래 아이언 샷 스윙 연습 삼아 4번 아이언을 잡았지만 이번에는 클럽을 놓쳐서 80m도 못 가서 해저드처럼 광활한 장식용 페어웨이 벙커에 빠져버린다. 여기서 친 벙커샷이 또 120여 m 지나서 또 벙커에 들어가는 악순환이다. 또 한 번은 파쓰리 160m에서 4번 아이언 샷을 친 것이 고질적인 문제가 되고 있는 심한 훅의 저 주로 왼쪽 연못에 빠트려 더블보기를 기록하기도 했다.

G프로는 전반전부터 헤매기 시작했는데 드라이버가 도무지 맞아 나가지 않고 내 아이언샷과 비슷한 심한 잡아당기는 스윙이 되고 있다. 돈도 상하고 어찌할 방법을 못 찾아 쩔쩔매는 형국이다.

백나인 후반전 들어서 F프로는 10번 홀 버디로 산뜻하게 시작하여 9개 홀 보기 플레이에 성공한다. 합계 91개로 1등. J프로는 후반전에 무너져서 15개 오버로 합계 95개. J프로는 뒤늦게 이 모임에 합류해서 아직도 조금씩 수업료를 내고 있는 중이라고 할까? G프로는 전반에 이어 백나인에서도 드라이버 계속 오비 나고 전체적으로 무너진 감을 되찾기에는 역부족이다. 100개를 넘어가는 최악의 기록. 나는 그런대로 트리플 2개를 파 3개로 커버하고 나머지 보기 4개로 10개 오버하여 합계 95개로 공동 2등. 3일 동안 3게임 합계 평균 96개이다. 목표한 90개에는 턱없이 못 미쳤다.

전체적으로 차분하고 침착한 분위기로 점심 식사한다. 3일간의 꿀맛 같은 라운딩 후 조금은 섭섭하고 숙연한 분위기이다. 복귀해서 통닭집에서 해산식을 하고 마무리한다.

그리하여 파란만장했던 3라운드 투어는 끝나고 여름휴가 때나 가을 시즌 때 다시 뭉치는 기회를 고대할 수 있게 되었다. 늘 깨닫고 있듯이 기대한 대로 결말이 나는 것은 골프의 묘미가 아니라는 것을 다시 한 번 실감하게 되었다.

골프 신동

어제 저녁에는 오래간만에 골프 동기 모임이 있었다. 비슷한 시기에 골프를 시작해서 돈독한 우정이 유지되고 있는데 P프로가(Powerful한 샷) 스크린 게임에 초대한 것이다. 예전 연습 레인지 멤버였던 O프로와(푸짐한 인상의 Owner 스타일) 또 몇 달 전 이 세 명이 쓰리홀에서 머리 올려준 N프로와(New Man) 함께 어울리게 되었다. 초보자 N프로의 진도 점검이 주목적이었다.

N신빽 선수는(처음에는 이렇게 초보라는 부분을 강조하고 싶다) 예전에 스크린 연습장에서 똑딱이할 때 우연히 한두 번 지켜보았고 이제 입문한 지 8개월밖에 되지 않았다는데 벌써 우리도 모르게 필드 라운딩을 10번 가까이 나갔었다고 한다(내 경우에는 첫 1년 동안 2번은 나갔는지 모르겠다). 그리고 최근에는 서울 인근 스카이72cc에서 91개를 쳤다고 한다. 도무지 믿어지지 않는 뉴스였던 것이다. 평소 달변에다 뻥도 소문이 나 있어서 진짜일까 반신반의했었는데(본인은 전혀 부풀리는 거 없는 차분하고 겸손한 스

타일이라고 늘 우긴다), 비록 스크린이지만 이번에 그 궁금증이 어느 정도는 해소된 셈이었다.

한편 P프로는 예전부터 장거리 타자에다가 연습파였는데, 아직도 시원하고 파워풀한 스윙에 정교한 쇼트게임까지 보여주면서 건재함을 과시한다. 변함없는 스포츠맨 스타일을 보여준 것이다.

이번 스크린 게임은 골프존의 뉴 프로그램 '비전'이라는 것이었는데 이전의 주류였던 '리얼'보다 더 현실감 있게 보여준다. 이제 '리얼'은 그 말 뜻과는 멀어진 듯 진짜 같지 않아진 것이다. '리얼'은 클럽 헤드의 각도와 스피드를 읽는다고 하는데 거리는 조금 더 보내주고 방향은 센터티브하게 세팅되어서 조금만 폼이 무너지면 드라이버 잡는 것이 겁날 정도였는데 이번 '비전'은 공 그 자체를 읽는다고 한다. 센싱 라이트도 삐딱한 천장에 설치되어 있다. 오래 전 스크린의 원조격인 '알바트로즈' 버전으로 돌아온 느낌이랄까? 거기에 좀 더 모던한 프로그래밍? 거리는 짧아지고 방향성은 보다 더 현실적이라고 느껴졌다.

나는 드라이버와 아이언이 제대로 맞았을 때는 필드에서의 방향이나 거리와 거의 유사하게 나온다. 말하자면 평범한 드라이버는 190~200m, 아이언은 3번 170m에서부터 아래로 10m 단위로 잘라서 9번에 오면 110m, 피치와 샌드는 100&75m, 우드는 5번 180m, 3번 200m 기준으로 세팅되어 있다. 우드 거리는 물론 잘 맞았을 때 이야기이고 지난번 하이스트에서의 오르막 5번 우드 200m 운운은 아직도 긴가민가 한다.

신삥 N프로는 스카이72에서의 91개 기록 자랑을 부끄럽지 않게 전반전을 보기 이내로 쳐내었다. 헤더와 클럽의 컨택이 군더더기 없고 스윙 스피드도 우리 못지않게 빠르고 게다가 임팩트까지 중요시하는 태도로 보아 최소 서너 달은 한눈팔지 않고 제대로 교습을 받은 것 같은 인상이었다. 후반전에는 체력이 달리는 지 뒷땅과 타핑을 자주 내어서 점수를 다 까먹었다. '이건 진짜로 당일 운전을 오래 했고 최근 몇 일간 휴가 즐기느라 거의 탈진 상태였다'는 본인의 변이 있었다.

결국 P프로와 나는 조금씩 윈(Win)하여 밥과 통닭을 샀고, O프로와 N신삥은 보기 플레이를 넘어가는 바람에 조금 잃은 셈이 되었다. O프로는 예전 스크린 게임에서 내가 많이 보태 주었던 선수인데다 최근 가야 퍼블릭cc에서 89개로 우승한 전력이 있는 구력이 10년에 이르는 쟁쟁한 선수이다.

N프로는 이 한 판의 스크린 게임으로 비록 놀라운 기록을 보여주지는 못했지만(그래도 초보자로서 보기 플레이 수준이라면 충격적임에는 여전하다) 동료들 사이에서 골프 신동으로 등극했다. 입문 후 스크린보다 필드를 훨씬 많이 경험해 본 몇 안 되는 이색 골프 마니아가 된 것이다. 6개월도 되기 전에 당당히 백돌이 클럽에 이름을 올린 천재 플레이어이다.

아름다운 이글
황당한 이글

진주의 타니cc는 단골 골프장이다. 주변의 전경이나 36홀 필드가 아
담하고 무난한 곳이다. 이번에는 무게감 있는 골퍼 두 분이 초대되었다.

- **장소:** 진주 타니cc 현무&주작. 18홀 파72 전장 6,007m
- **코스 특징:** 양 잔디의 감촉이 좋음. 디봇을 떠 주는 과감한 샷이 주효함.
- **Tee-off Time:** 09:13
- **동반자:** W프로(Wonderful Shot), S프로(Single), H프로(Head 스피드 빠름)

빛나는 실력을 가지신 S싱글 분도 한동안 칼을 못 갈아서인지 80대
중반으로 헤맸고 몇 년에 한 번 동반할까 말까 한 중후한 초대 손님 W
프로는 오래전 싱글의 명성을 드높이다가 이제는 세월의 무게에 살짝
내려앉은 듯한 80대 초반의 실력자인데, 이 분이 전반 4번 홀에서 이글
을 기록하는 바람에 한껏 들뜬 라운딩이 되었다.

W 프로의 세컨 아이언샷은 140여 m를 부드럽게 맞아 날아갔다. 최나연의 부드러움보다는 남자다운 이 분의 스윙은, 스피디하면서도 간결한 콤팩트 스윙의 완성쯤으로 보였다. 홀 앞 약 5m 정도에 떨어진 볼이 슬금슬금 굴러가더니 깃대 아래에서 사라져 버린다. 시야는 깨끗했고 홀컵을 향한 볼의 흐름은 명확했다. 동반자들과 캐디 외에 주위에서 필드를 관리하고 있던 또 한 명의 골프장 직원까지 이 훌륭하고 영광스러운 장면에 넋이 나간다. 나의 골프 경력에서 처음으로 정규 라운딩에서 이글을 지켜보았다는 것이 한동안의 감동이 될 터이다. 참고로 이 분의 합계 기록은 84개.

그렇거나 말거나 나는 후반전에 파4 양파를 3개나 해먹으면서 이날도 100타를 넘기게 되었다. 합계 102타 종료. 천상의 이글을 지켜본 마당에 스코어는 한낱 속세의 작은 욕심으로 치부해본다. 현실로 돌아와서, 오늘도 나의 평균 백돌이 타수를 2개씩이나 까먹은 것은 변함없는 사실이다.

이제 날씨가 청명해지면서 골프 시즌이 다가왔는데 나의 실력은 바닥 모르고 추락하고 있다. 흥미까지 덩달아 추락하고 있지는 않으니 그나마 다행일지도 모르겠다. 다음 주말에도 다른 멤버들과 출정인데, 이글 목격을 계기삼아 전화위복의 계기를 마련해보고자 한다.

이 골프장의 요상한 중국식 이름 '타니'의 의미는 '아름다운 당신'이다. 아름다운 가을에 아름다운 이글을 기록한 W프로는 진정 아름다운 당신으로 다가왔다.

한 주 뒤 이루어진 라운딩을 계속 소개한다. 장소와 동반자는 전혀 다르다.

- 장소: 양산cc 누리&마루. 18홀 파72 전장 6,408m
- 코스 특징: 페어웨이 폭이 좁아 좌우 언덕과 계곡을 조심해야 함
- Tee-off Time: 8:17
- 동반자: G프로(게임 운영 탁월), Q프로(빠른 스윙), M프로(부드러운 표정)

양산cc는 처음이었다. 자동차로 2시간 가까이 걸리는 먼 거리라 그동안의 탐색 대상에서는 제외되었던 골프장이다. 동료들의 초대를 받은 것이었는데 두 명이 입문한 지 1년이 채 되지 않은 초보자라는 언질을 받고는 내심 편안하고 수익 나는 라운딩을 기대했다. 그 두 선수는, 골프로는 어울려보지 못했지만 평소에 알고 지내던 사이이고 플레이어 4명 모두 비슷한 연배여서 부담 없고 화기애애한 분위기가 예상되었다.

내 차는 허물없는 친구들과의 라운딩에서 교통수단으로 종종 동원되는데 지인들 사이에서 흔하지 않은 SUV 차량이라 트렁크가 널찍하다는 것이 그 이유이다. 캐디백 4개 정도는 아무렇게나 구겨 넣어도 충분한 공간이다. 게다가 요즘 디젤차의 성능이 장난 아니게 향상되어서 오르막에서도 수월하게 가속이 되는 그 파워풀한 기동력은 동료들의 감탄을 자아내기에 충분해서 평소 교통량이 뜸한 직선 구간이라면 180km/h를 오르내릴 정도가 되겠다. 다행히도 이날 새벽 5시 30분에 출발하게 되어서 2시간 가까이 걸린다는 거리를 최고 속도 180km 정도를 주

파하면서 1시간 30분대에 피니쉬를 끊었다. 잠시 후의 멋진 라운딩의 설렘 때문에 목숨 걸고 달린 셈이 되었다. 물론 곳곳에 숨겨진 단속 카메라 때문에 자주 그 속도로 달릴 수는 없었을 터 만약 그럴 수 있었다면 그리고 목숨이 붙어 있었다면 당연 거기서 10여분 정도는 더 단축될 수 있었겠다.

멤버 중에 아직 초보 티가 나는 M프로는 본인에게 익숙하지 않은 잔디였는지 아니면 최근 컨디션 난조였는지 또 아니면 필드 경험이 별로 없어서 긴장을 했었는지는 모르겠지만 초반에 너무 좌충우돌 헤매는 모습이 안타까웠다. 인코스가 끝나기도 전에 몸도 마음도 거의 탈진해 버리는 것이 아닌가 걱정될 정도였다. 그 스트레스는, 예외 없이 왕초보 시절을 겪어봤던 모든 골퍼들이 잘 알지 않겠는가? 한 번 무너지기 시작하면 끝이 없고 도무지 어찌 해볼 수 없는 그 느낌 아니까.

내기는 스크래치 타당 2천원으로 시작했다. 홀이 진행되면서 주고받는 현찰로 분위기가 흥미진진해져야 하는데 M프로는 계속 나가기만 해서 분위기가 험악해지기 시작했다. 더블파를 심심찮게 기록했기 때문에 이 작은 내기판에서도 지갑의 현찰이 모자랄 형국에 이른 것이었다. 선한 표정에서 묻어나오는 M프로의 온화한 얼굴은 점점 홍조를 띄워가더니 전반전이 끝나기 전에 그 인내심이 한계에 다다른 듯 보였다. 서로의 정신 건강을 위해 후반전 내기에서는 본 선수를 제외하게 되었다. 다행히 본인이 흔쾌히 동의를 했고, 나머지 세 선수만 내기를 계속 이어가기로 했다.

M프로는 후반전을 시작하면서 약간은 컨디션을 회복하여 파도 하고 보기도 기록하면서 전반전과는 훨씬 좋아진 모습을 보여주고 있었다. 물론 완연한 회복이라고는 할 수 없었던 것이 볼이 아직 제대로 뜨지 않고 생크도 가끔씩 내며 고질적인 좌우탄도 꽤 나고 있었던 상황이었다. 그러던 후반전의 어느 파 5홀. 여느 때처럼 나머지 세 선수는 포온이냐, 파이브온이냐 하고 나름대로 속셈을 해가면서 동반자들을 신경 쓸 겨를 없이 혼전의 양상을 보이고 있었다. 그 주인공 선수 M프로는 티샷이 심하게 우탄 나는 것을 보았고 한 번은 페어웨이에서 타핑을 내어 겨우 그린에 올라오는 것을 얼핏 보기도 했었다.

이번 홀은 모두들 헤매고 있었고 나도 더블보기 정도 기록하려니 계산하면서 각자 분주한 모습으로 그린에 모여들었다. 주인공 M프로가 5, 6m 남은 퍼팅을 재수 좋게 성공시키는 것을 보고는 동반자들이 '와우 살아있네' 하고 축하의 하이파이브를 해주며 용기를 북돋워주었다. 꽤 멋진 퍼팅이었고 당사자도 얼떨떨해하는 미묘한 분위기였다.

다음 선수가 퍼팅을 준비하던 조용한 분위기에서 느닷없지만 차분한 목소리로 캐디가 속삭였다. "저 이 분 이글했습니다." 잠시 우리 세 명은 넋을 놓고 황당한(사실은 놀람과 부끄러움으로 당황한) 눈빛으로 서로를 바라보았다. 우리는 M프로에게 물었다. "아니 정말 이글인가?" "글쎄 그런 것 같군." 세 명의 플레이어는 잠시 뻘쭘한 분위기로 당황한 채 몽롱하게 서 있었던 것이다. 나중에 상황이 종료되고 난 후에도 '어떻게 이 같은 대형 사건이 부지불식간에 일어날 수가 있는 거지?'라는 의문이 꼬리를 물고 있었다.

캐디와 본인의 증언을 토대로 상황을 파악해본 즉 드라이버 티샷이 오른쪽 OB지역인 바위 쪽으로 향하더니 다행히 그 앞의 카트길을 때리고 높게 바운드된 볼이 전방으로 계속 튀면서 꽤 멀리 굴러 갔을 것이라고 추정을 한다. 본인 말로는 100m 가까이 더 전진한 것 같다고 한다. 세컨 샷은 130여 m 정도밖에 남지 않았다고 하면서(그럼 티샷이 300m 가까이 날아온 거?) 오늘 아이언이 도무지 맞지 않으니 굴러서 올려야겠다고 혼잣말하는 것을 주변에 있던 내가 들었다. 실제로 그러한 낮은 탄도의 샷을 성공시켰고 타구는 페어웨이와 러프를 몇 번 바운드하면서, 뭔가 비정상적이었지만, 다행스럽고도 아슬아슬하게 그린에 도달한 것이었다. 그리하여 그린 전방에 박혀 있던 홀컵에서 대략 5~6m 정도의 거리를 남겨두게 되었던 것이다.

나에게도 진기한 기록이 달성되었는데, 이름 하여 2회 연속 동반자의 이글을 목격했다는 것이다. 나의 플레이 경력 중에 이글을 본 것도 지난주가 처음이었고 그 생소한 추억은 한 주 뒤에 다시 연속 이글 목격으로 승격된 것이다.

안타깝게도 이번의 이글은 왠지 깔끔하지 못했다는 이유로 그리고 애매한 정서적인 분위기상 그리고 동반자들이 상황을 제대로 인식하지 못하고 있었다는 몰상식적인 매너 수준으로 인한 부끄러움 때문에 이글 기념패 수여를 생략하기로 했다는 이야기는 여기서 강조하지 않도록 하겠다. 어쨌든 나로서는 2주 연속으로 동반자의 이글을 지켜보았다는 황홀한 기억을 간직하게 되었다.

3부_ 라이프(Life)

골프와 술

　실력 있는 골퍼가 되는 것은 그리 간단한 일이 아니다. 코치를 잘 만나서 기초부터 제대로 배워서 일정 기간 성의껏 연마해야 하는데 술 또한 아무렇게나 느는 것이 아니다. 훌륭한 스승을 만날 수 있다면 좋겠지만 그렇지 못하다면 다양한 부류의 많은 사람들과 술자리를 해가며 주량과 매너를 연마해야 한다. 처음에 잘못 배워 놓으면 오랫동안 고생해야 하는 것은 술과 골프 매한가지이다.

　회합이 성사되려면 멤버들끼리 사전에 약속이 되어야 하는데 이것도 2명이나 3명은 인원 부족이다. 4명이 골프 라운딩하기에 베스트 넘버이고 술자리도 한 테이블 4명이 딱 좋은 분위기이다. 공히 멤버가 적어지면 자동차 타이어 하나 펑크 난 듯 밸런스가 무너지고 좌중이 어수선해지고 재미도 반감된다. 사업주 입장에서는 매출도 적게 나오고 여러모로 유쾌하지 않다. 반대로 멤버가 더 많아지게 되면 지방 방송이 많아져서 집중이 잘 되지 않는다. 물론 인원이 많아져도 사달이야 나겠는가마는 이 때는 홀이든 테이블이든 나누는 것이 좋다. 조를 편성할 때에도 연륜과 실력을 고려해서 적절히 기준을 정해야 한다.

일단 약속이 잡히면 천재지변이 일어나지 않는 한 지켜내야 한다. 술자리와 골프는 이런 면에서 엄정하다. 몇 번 약속을 펑크냈다가 직장이나 서클에서 생매장 당한 경우가 여럿 있었다. 오죽하면 골프는 '자신의 장례식이 아닌 다음에는 필히 참석해야 한다'는 금언이 있겠는가? 술자리도 정도는 좀 약하지만 약속을 어기는 경우가 자주 발생하면 이유를 불문하고 왕따 이상의 고통을 감수해야 된다.

마음이 맞는 사람끼리라면 더 재미있다. 허물없는 동료 사이라면 농담과 장난을 곁들여 가며 부담 없이 즐길 수 있다. 술에는 유쾌한 대화가 있어야 하고 골프에는 내기가 있어야 제 맛이다. 어쩔 수 없이 초면인 사람들과 어울리게 되었다면 술이든 골프든 제대로 즐기기 위해서는 빠른 시간 안에 친해 놓을 일이다.

실력도 엇비슷한 사람들끼리라면 묘미를 더한다. 싱글 골퍼와 초보자는 아무래도 '가까이 하기엔 불편한 당신'이다. 싱글은 초보 플레이어의 어설픈 루틴을 지켜보는 것이 인내하는 수준이고, 필드 경험이 미약한 초보자는 경기장을 이리 저리 헤집고 다니면서 동반자들을 어지럽게 할 것이다. 술자리는 더하다. 술 한 잔도 시원하게 못 비우면서 제사 지내는 사람을 앞에 두고 뭔 술 맛이 나겠는가? 이러한 눈치를 견뎌내며 자리를 지키는 초보자는 더 죽을 맛이다. 주거니 받거니 잔을 부딪혀야 술은 제 맛이다.

훌륭한 술집은 예약하기가 쉽지 않다. 특히 값 싸고 음식 맛나고 분위기 좋은 곳이라면 더욱 그렇다. 골프도 마찬가지이다. 경치 좋은 필드에 그린 상태가 최상이고 캐디가 아름답고 수준 높은 어시스트가 가능하다면 더 바랄 게 없겠지만, 이런 곳은 예약하기가 하늘의 별 따기이다. 회원권을 가진 사람이 자기 골프장에 가는 것도 마음대로 되지 않는 곳이 있다고 한다.

라운딩이 다 끝나 봐야 핸디를 알 수 있고 이런 면에서는 성격도 마찬가지이다. 인코스 9 홀까지 잘 나갔던 플레이어도 백나인에서 무너지는 경우가 많으니 인격도 스코어도 공통된 사항이다. 술도 2라운드 돌고 얼큰하게 취해 봐야 주량과 인격이 드러나고 매너 수준이 판가름난다. 골프와 술은 자리가 끝나 봐야 몇 점짜리 플레이어인지 가늠이 된다.

비즈니스가 이 두 곳에서 많이 이루어지는데 이런 면에서는 골프보다 술자리가 윗길이다. 다른 레저나 스포츠보다는 확실히 업무지향적이라고 할 수 있다. 예를 들어 테니스나 당구, 바둑 등의 장시간 몰입하는 게임에서는 주제를 이탈하기가 까탈스럽다. 물론 게임 전후 휴식 시간에야 무엇이든 가능하겠지만 이건 논외이다. 골프와 술자리는 어느 스테이지에서라도 회사와 비즈니스 이야기 꺼내는 것이 어색하지 않다.

친분을 쌓는 데는 더할 나위 없다. 골프가 이런 면이 더 강해서 약속 단계부터 이동, 플레이, 샤워 그리고 식사까지 여러 상황들이 발생하고 다양하고 의미있는 교감 행동이 일어나게 된다. 서로간의 안면이 깊어지면 술자리는 더 영양가 있는 관계를 발전시킬 수도 있는데, 집중해서 주제를 이어갈 수 있기 때문이다.

상대가 샷을 날릴 때는 엄숙하게 관전해줘야 한다. 술자리에서도 상대가 잔을 비울 때는 주의 깊게 지켜보면서 다음 잔을 채워야 할 지 관심을 가져야 한다. 샷 전에는 잠시 침묵의 시간이 필요하다. 폭풍 같은 샷의 전야에 느끼는 엄숙함이라고 할까? 원샷을 훌륭히 해내면 경의를 표시해야 한다. 골프에서도 칭찬은 매너를 넘어선 습관이다. 마음 속으로 생각만 해서는 아무 소용이 없다. 멋있는 스윙을 보면 큰 소리로 나이스 샷을 외쳐주어야 한다.

여성 플레이어가 끼면 분위기가 살아난다. 골프에는 기본으로 캐디가 따라 붙지만 (물론 모두가 여성이지는 않지만), 행여 플레이어 중에 예쁜 여성이 끼게 된다면 동반자 남자 분들은 땡 잡은 것이다. 미셸 위 같은 늘씬한 여성 플레이어가 멋진 샷을 날린다고 상상해보라. 그것도 4시간 이상 오랜 시간을 함께 한다는 것은 행운이 아닐 수 없다. 술자리에서도 매력 넘치는 여성분이 있다면 환영을 받는다. 상냥하고 발랄하다면 100점이다. 말 잘하고 주량까지 된다면 200점이다.

매너는 메인 게임을 넘어선 기본 룰이다. 초면에 나이를 묻는다거나, 묻지도 않은 자랑 이야기를 불쑥 꺼낸다든가 다이얼로그가 아닌 한 사람의 스피치가 5분을 넘어간다든지 하는 것은 술자리에서건 필드에서건 해선 안될 일이다. 골프장에서 '아가씨'를 남발한다든가 캐디한테 잔소리를 해댄다던가 남이사 뭘 하든 내 길만 고집하는 플레이어는 라운딩의 품격을 떨어뜨리는 사람이다.

경제적으로 형편에 맞게 즐기면 된다. 주머니 사정이 여의치 않으면 가까운 쓰리홀이나 스크린을 이용하면 된다. 술로 치면 포장마차나 선술집인 셈이다. 조금 여유 있다면 '와바'나 '고센' 정도도 괜찮다. 골프는 허름한 퍼블릭도 괜찮고 캐디가 없어도 상관없다. 돈 걱정이 없는 사람들은 고급 레스토랑에서 와인도 좋고 단란주점에서 양주도 좋다. 부산이나 수도권의 훌륭한 정규 골프장을 이용하려면 주말에 기십만 원 이상 깨진다. 돈 문제가 없다면 좋은 필드는 그 값을 한다.

안 하는 사람은 죽어도 안 한다. 체질에 맞지 않거나, 개인적인 사정으로 이 두가지를 멀리하는 사람은 획기적인 인생의 변화가 없는 한 발을 들여놓지 않을 가능성이 많다. 골프도 터부시하는 사람이 꽤 많은데 이런 사람들이 마음을 돌리는 경우는 와이프나 친한 동료의 간절한 요청이 있는 정도가 아닐까 싶다. 색안경 끼고 보지 말자. 사교의 무대에 술이 없을 수 없고 골프도 보통의 레저나 스포츠 이상이 아니다.

시간 잡아먹는 것도 엇비슷하다. 골프는 18홀 한 게임 기준으로 플레이 시간이 대략 4시간 반 정도인데 그늘집을 건너뛰고 노련한 캐디의 양치기 기술에 걸리게 되면 4시간 안에도 돌 수 있다. 술자리도 보통 1차를 2시간 잡고 자리를 옮기면 또 2시간 이 정도만 해도 보통 4시간 이상이다. 여기서 끝난다면 다행인데 3차라도 가게 되면 5시간이 훌쩍 넘어간다. 골프도 중간 식사에다 그늘집 막걸리라도 걸칠라 치면 6시간으로도 모자라는 경우가 있다.

마누라들은 술이나 골프나 마찬가지로 싫어한다. 둘 다 적지 않게 돈이 드는 활동들인데, 조금 자주 즐기게 된다면 성가신 와이프 바가지를 감수해야 한다. 책잡히는 것은 돈 만이 아니다. 가정에 충실하고자 하는 태도까지 도마에 오르는 것이다. 가정을 소홀히 해도 상관없다면 술과 골프가 제 격이다. 혹 행운아들이 있는데, 대작(大作)을 마주해주는 와이프가 있는가 하면 남편보다 더한 골프 마니아와 같이 사는 사람들이다.

나이 들어서 대기업에서 조금 잘 나간다는 사람들을 유심히 봐보시라. 술자리 마다 하는 사람들이 몇이나 되며 골프를 모르는 사람은 또 얼마나 되는지. 이건 한국 사회에서 더 두드러지는 것 같다. 우리는 함께 어울리지 않는 사람들을 존중해주는 데 인색한 경향이 있다. 동료들의 권유나 초대를 계속 거절하다 보면 영문도 모른 채 주류 계열에서 이탈되어 왕따의 고통을 겪기도 한다. 불편하지만 엄연한 현실이다.

인맥 쌓는 데는 이 둘이 1등 공신을 다툰다. 술을 마시지 못하는 사람은 주위에 진주처럼 빛나는 훌륭한 사람들을 꽤 지나쳐버릴 가능성이 있고, 골프를 멀리하면서 나이든 사람이라면 멋있는 친구 기십명은 사귀게 될 기회를 놓치게 될 것이다. 인맥이고 뭐고 절간 스님처럼 조용히 살고 싶은 사람은 이 두 가지를 멀리 해야 할 것이다.

골프 채널

골프에 입문한 이후 프로들의 경기를 TV로 지켜본 적이 없었다. 골프 마니아로서는 자격 미달이다. 구력이 점점 늘어가면서 정상급 선수들의 경기 운영과 스윙 자세 등을 보고 싶은 생각이 들기 시작했다. 이후로 골프 채널은 작은 로망이 되었고, 이것은 최근까지도 실현되지 못하고 있었다.

요즘 분위기로는 No.1 선호 채널이 골프인데, 여태껏 채널을 들여오지 못한 것은 호랑이 마눌님의 거부반응 때문이겠다. 월 몇 만 원 정도의 케이블 TV 수신료 부담이 관건이었는데, 골프는 아직 와이프 관심사가 아니다보니 내무장관의 허락이 떨어질 지 의문이었던 것이다. 혹 재가를 하더라도 한 바가지를 뒤집어쓸 게 뻔하고 그러한 수고로움은 피하고 싶었던 것이다.

그럼에도 불구하고 다년간의 백돌이 로망을 이렇듯 오래 방치할 수는 없는 노릇이다. 지금이라도 기존의 유선방송에 채널 추가가 가능한

지 돈은 정확이 얼마나 드는지 알아보기로 마음먹었다. 더구나 조만간 시작될 유명 PGA나 LPGA 경기들이 궁금해지니 빨리 수소문해보고자 한다. 타이거나 미켈슨, 맥길로이 등의 다이나믹하고 스피디한 스윙들을 구경하고 싶다. 물론 세계 정상급 선수들의 깜짝 놀랄만한 드라이버 오비나 아이언 뒷땅 같은 미스 샷들을 생방송으로 볼 수 있으면 더 흥미롭겠다.

그래서 드디어 질러버렸다. KT 유선방송이다. 올레-스카이 이 정도로 홍보를 하던데 요즘 Cable TV의 대명사가 되겠다. 예전 돈 좀 들어서 접시 안테나 달고 Sky방송 설치하던 것이 이제는 KT와 제휴해서 더 간편하고 값싸게 깔아준다는 것이다. 골프 채널은 2개쯤 확보된다고 하는데 물론 이거 말고도 전체적인 화질의 개선이나 좀 더 다양한 채널이 서비스된다고 한다.

전부터 KT 유선이 이 정도 가격에 서비스되고 있다는 걸 알고 있었지만, 골프 채널의 서비스 여부를 모르고 있다가 최근 며칠 사이에 주위 사람들의 이야기를 듣게 된 것이다. 몇 달 전 집 컴퓨터와 전화를 KT로 일괄 바꿨는데 둘째 아들 스마트폰까지 패밀리 할인되는 것을 감안하여 꼼꼼한 결정을 했고, 그래서 동사의 유선을 소개받았지만 아이들 엄마가 월 2만 원 정도의 추가 부담을 거절해서 이전의 부부간 1차 협상이 무산되었던 것이다.

이번에는 와이프에게 말하지 않고 몰래 설치를 해버렸다. 대형 사고를 친 셈이지만 나름 어쩔 수 없는 외통수 결정이었다고 내 멋대로 평가했다. 미리 상의해봐야 이야기 길어져서 결국 못하게 될 게 뻔하고 이 정도는 뭐 '질러놓고 좀 봐 달라'고 하면 무난할 거라 본 것이었다. 사실 골프는 오래 전부터 종종 큰 경기 할 때마다 집에서 느긋하게 볼 수 있었으면 좋겠다고 생각했었고 그럴때마다 상대적인 박탈감을 느껴왔던 게 사실이었다.

사소한 데 목숨 거는 거 같아서 쑥스럽지만 엄연하고 까탈스러운 집안의 의사결정 프로세서가 있는 만큼 심사숙고해야 할 부분이다. 사고는 쳤고 후폭풍이 걱정되지만 이제부터는 오랜 로망이었던 골프 경기를 시청할 수 있다는 기대감에 공포스러운 와이프 얼굴이 흐려지는 듯하다. 유수한 프로 골퍼들의 얼굴도 이제 좀 더 익히고 시원시원하고 정교한 스윙들을 보면서 이미지 트레이닝 하는 거라든지 한 번씩 레슨 방송도 시청한다든지 해야겠다. 무엇보다 가슴에 와 닿는 것은 전 세계 곳곳의 탑클래스 골프장들을 안락한 소파에서 둘러볼 수 있다는 것이다.

이제 곧 시작될 대형 메이저 프로 경기들이 기다려진다. 나도 이제 TV 갤러리를 자처하면서 유명한 선수들에게 환호를 보낼 수 있게 되었다. 디오픈의 거친 바람 부는 해안 코스와 키큰 말뚝 박힌 벙커들 그리고 US 오픈의 험악한 숲과 러프를 즐길 수 있다는 생각에 골프가 한층 더 가까이 온 듯하다.

라커 풍경

라운딩을 준비하는 골퍼들의 설레임과 긴장감이 묻어나는 곳은 라커룸이다. 이제 곧 시작될 플레이에 대한 목표를 마지막으로 점검하고 자신감을 충전한다. 화장실 가서 속을 비워보지만 현실감 없는 스코어 목표에 대해서는 마음을 비우지 못한다. 비장한 마음가짐으로 골프화를 신고 모자와 선글라스를 챙긴다. 마치 검투사 스파르타쿠스가 투구와 검을 채비하는 장면처럼 살벌한 분위기가 감지된다. 검투사는 목숨을 걸고 백돌이는 현찰을 건다. 승리에는 명예까지 뒤따른다. 이것은 공히 예외가 아니다.

암울한 기록이지만 통계적으로 이 모든 분들의 플레이 결과는 70% 이상이 백돌이의 스코어나 그보다 못한 스코어를 기록한다. 모 골프장의 사장이 다년간 지켜본 경험이라 하니 꽤 정확한 수치로 보인다. 그러나 여기 라커룸에서 출정을 준비하는 골퍼들에게 목표를 물어본다면 반대로 70% 이상이 보기 플레이(94개 이내) 이내라고 대단히 긍정적으로 답할 것이다.

본인만은 통계를 거스르고자 다짐하는 것이다. 출정 전의 설렘과 긴장된 표정은 바로 이러한 상반된 인과 관계에 연유하는 것이 아닌가 생각한다.

라커에는 라운딩을 시작하려는 분들과 더불어 경기를 마친 선수들이 함께 있다. 이 분들에게서 두가지 유형이 쉽게 구분된다. 선수들 표정을 보시라. 얼핏 봐도 내기 시합을 이긴 선수와 돈을 잃은 선수의 분위기가 드러날 것이다. 그러나 자세히 관찰해보면 공통된 특징도 보인다. 대부분의 플레이어 얼굴에는 성공과 실패를 떠나서 약간의 절망과 안타까움이 내재된 그 미묘한 표정들이 예외없이 엿보인다는 것이다. 이것이 마음대로 되지 않는 골프의 속성을 드러내는 것이 아닌가 한다.

자 이제 씁쓸한 주제는 건너뛰도록 하자. 느닷없는 이야기이지만 골프에 입문해서 처녀 라운딩을 마친 여성 플레이어가 있다고 가정해보자. 라커룸에서 탈의한 후 샤워실로 이동할 때 어떤 옷차림을 할 것 같은가? 너무 속물적인 주제인가? 아니면 호기심이 발동하는가?

개인적인 경험으로 쑥스러운 기억이 있었기 때문에 언뜻 생각난 주제이다. 근사한 정규 홀에서 머리 올리는 첫 라운딩을 마친 후 라커룸에서 옷을 몽땅 벗은 채로 아무 것도 손에 들지 않고 심지어는 슬리퍼조차 신지 않고 사우나를 향해 당당히 걸어갔었던 기억이 난다. 라커룸과 샤워장의 거리가 가까운 여느 목욕탕에서처럼 행동했다는 말이다.

그런데 이곳은 20~30m 롱 퍼팅 거리도 아닌 것이 왜 그렇게 샤워실에 이르는 여정이 먼 것처럼 느껴지는 것인가? 라커 옷장들은 왜 그렇게 많으며 또 왜 그렇게 넓은 것인가? 그러면서 낯모르는 다른 사람들이 내 벌거벗은 몸을 흘겨보는 듯한 이 분위기는 또 뭘까? 가릴 것 없이 휑하고 허전한 기분을 뒤늦게 헤아리고 나니 아뿔싸, 다들 팬티와 런닝을 모두 입고 돌아다니지 않는가. 손에는 여분의 속옷까지 들고 있는 게 아닌가. 역시 골프장 라커룸과 사우나 탈의실은 그 성격이 다른 거였다.

여자 분들도 허심탄회하고 용감한 분들이라면 아무것도 걸치지 않고 라커룸을 활보할 수 있을까? 아무렴 그건 아닐 것 같다. 기초 언더웨어 정도는 입고 다닐 것 같다는 것이다. 팬티와 브라 정도가 아닐까? 그러나 하나 더 있다는 말을 듣고는 역시 그럴 수 있겠다는 생각이다. 그 언더웨어 위에, 뭐라고 이름을 붙이는 지는 정확히 모르겠지만 실크 재질로 된 가운 같은 것을 많이들 입고 다닌다는 것이다.

아무래도 탈의실에서 시간을 많이 보내야 하는 여성들이라면 충분히 공감이 가는 대목이라고 상상해볼 수 있겠다. 내가 여성 라커룸을 엿본 것은 아니니 호기심은 억눌러 주시면 좋겠다. 어느 플레이어의 사모님이 들려준 이야기인데 내 와이프도 나중에 처음 골프를 치러 가면 꼭 알려 줘야겠다고 생각하고 있다. 물론 나의 허접한 주의력으로 이것을 기억한다는 보장은 전혀 없을 테지만.

목욕탕 주제가 나오니 오래전 대학 시절의 에피소드가 떠오른다.

군대를 갓 제대한 친구와 2년 만에 재회를 하고 예전 시절을 추억하며 학교 앞 공중목욕탕을 찾았다. 오래되고 작은 목욕탕이었는데 1층에서 접수하여 2층 목욕탕으로 걸어 올라갔다. 군 입대 전에 친구들끼리

가끔씩 찾던 곳이었는데 이제는 인근에 새로 개업한 사우나에 밀려 손님들의 발길이 드문 것처럼 느껴졌다.

조그만 탈의실에는 사람들이 아무도 없었다. 카운터를 돌보는 직원도 없다. 할 일도 없었고 시간도 많았던 우리는 탈의실에서 옷을 하나씩 천천히 벗었다. 옷을 다 벗은 친구는 화장실을 가야겠다며 라커 구석으로 사라지고 나는 목욕탕 입구 현관문으로 향했다. 알루미늄으로 만들어진 두터운 문이었고 위쪽에는 네모난 유리가 끼워져 있었다. 습기 찬 창을 통해 안을 들여다보며 손잡이를 잡았다. 안에는 목욕하는 사람들이 희미하게 몇 명 보였다. 동그란 손잡이 문을 돌리려는 순간 탕 안의 한 사람과 순간적으로 눈이 마주쳤는데 아뿔싸, 우리와 같은 성별이 아님을 알아차린 것이다.

문 옆 벽 쪽으로 몸을 숨기는 데는 실로 0.1초의 시간도 걸리지 않았다. 순간의 눈 맞춤만으로는 내가 남자인지를 알아차리지는 못했을 것이다. 나도 약간은 장발이었고 유리문은 그리 선명하지 않았던 것이 사실이다. 순간적인 의식이탈 상태는 벗어났지만 공포감이 엄습해왔다.

옷장으로 돌아와서 문을 열려고 했지만 열쇠는 구멍을 제대로 찾지 못하고 허둥댔다. 뒤를 흠칫거리며 겨우 라커 문을 열고는 팬티와 바지를 신속히 입었다. 이제야 화장실 간 친구는 영문도 모른 채 천천히 목욕탕 입구 쪽으로 걸어오고 있다. 나는 친구를 향해 커다란 손짓만으로 이쪽으로 오라고 했다. 이 친구는 심한 근시라 조금 멀리는 잘 보지 못했다. 할 수 없이 현관 쪽 방향을 피해서 친구에게 다가가서는 '여기 여탕이야라고 속삭이고는 다시 옷 입기를 서둘렀다. 이제 공포감은 서스펜스로 이어지고 있었다.

눈이 나쁜 친구의 행동은 예상외로 재빨랐다. 나는 이제 러닝을 입고 윗옷을 잡고 있는데 이 친구는 순식간에 바지를 입고 옷가지를 챙겨서 나가려고 했다. 팬티도 입지 않고 윗도리도 걸치지 않은 채였다는 말이다. 나도 얼떨결에 튀어 나오듯이 밖으로 나와서 3층으로 올라갔다. 그제야 뒤돌아보니 2층 입구에 여탕이라는 표시가 보였다. 금녀의 방 3층 남탕에 안도하며 들어왔지만 혹시라도 여성 분들의 항의성 방문이 뒤따를까 걱정이 되어서 한동안 뒷골이 당겼다.

이 에피소드 이후로 전국의 모든 여탕이 위층으로 올라갔다고 한다. 그리고 이 에피소드에 나오는 여탕 침입의 주인공 친구는 나중에 우리가 중년이 된 후에 나에게 골프를 소개하는 영광을 가지게 되었다.

백돌이의 가슴

백돌이는 가슴에
남모르는 폭탄 하나를
안고 플레이하고 있습니다.

그 폭탄이 언제
터질지 아무도 모릅니다.

그는 그 폭탄으로 말미암아
언제나 근심스러운
얼굴로 플레이하게 됩니다.

백돌이는 지갑에
남모르는 현찰을 한웅큼
숨기고 플레이하고 있습니다.

그 현찰이
언제 소진될지 아무도 모릅니다.

그는 그 현찰 덕분에 푸근해하다가
결국은 텅 빈 지갑을 통해
배판의 쓰라림을 실감하게 됩니다.

백돌이는 가슴에
남모르는 핑계 한 가지씩
간직하며 경기에 임합니다.

그 핑계들은 언제 사라질지 아무도 모릅니다.
그는 그 핑계들로 말미암아
날마다 조금씩 호구로 변해가고 있습니다.

백돌이는 가슴에
남모르는 깨달음 한 가지씩
숨기고 골프장에 입장합니다.

그 깨달음이
언제 실현될지 아무도 모릅니다.

깨달음과 좌절을 반복하다가
어느새 18번 홀에 이르렀음을 알게 됩니다.

백돌이는 가슴에
꼭 하고 싶은 말을
숨기고 플레이하고 있습니다.

그 말이 어떤 것인지 동반자들은 압니다.
그건 멀리건과 핸디조정입니다.

숨기고 있는 그 말을 통해
매너만큼은 아름다운 사람이 됩니다.

백돌이는 가슴에
남모르는 후회 하나씩
품고 돌아가게 됩니다.

그 후회가 어떤 것인지 다 압니다.
그러나 그는 그 후회를 삭여 내다가
하루를 못 지나 다음 경기를 기다리는 사람이 됩니다.

백돌이는 가슴에
남모르는 희망의 씨 하나씩
묻고 살아가고 있습니다.

그 희망이 언제 싹틀지 아무도 모릅니다.
그러나 그는 희망의 싹이 트기를 기다리다가
어느새 보기의 열매를 맛보게 됩니다.

와이프를 꼬실 수 있을까

　주말 토요일에 하루 종일 비가 내려서 쓰리홀 등산은 가지 못했고(산자락에 있으니 등산이라고 표현한다) 이로써 근 2주를 주말 연습을 건너뛴 셈이 되었다. 연습이라는 게 쓰리홀 라운딩이나 스크린 게임뿐이라, 별도로 시간을 쪼개서 연습장에서 휘두르는 건 거의 없다. 1년에 한 번쯤 이러한 게으름을 각성해보지만 반성의 시간은 1개월을 못 버틴다. 이러고도 조만간 안정적인 보기 플레이를 목표로 하고 있다. 어불성설이다.

　다음 날 일요일은 날씨가 화창했지만 아무런 골프 약속이 없었던 연유로 그림의 떡 같은 주말의 봄날이었다. 대신 와이프와 동네 소극장에 가서 국산 영화 한 편으로 시간을 때웠다. 백돌이 골프 마니아에겐 그다지 유쾌한 시간이 될 수는 없었다.

　이참에 와이프를 설득해서 영화 대신 골프 연습을 같이 하게 만들어야겠다는 생각을 해본다. 훌륭한 날씨에 골프 대신 영화를 봐야 하는 안타까움을 해소하기 위해서만은 아니다. 최근에는 갑작스럽게 커플 경기 제안이 들어오는 경우가 종종 있어서 점점 조바심이 나는 것이다. 와이프는 좀체 본격적인 정규 레슨 등록에 대한 결정을 내리지 않고 있는데, 아마 마음이 약해서일 것이라는 판단이다. 평소 성격도 단호하지 않는데다가 돈 씀씀이가 커질 것이라는 우려가 한 몫 하고 있다는 생각이다. 내가 어떻게 좀 도울 수 없을까 고민 중인데 와이프 클럽을 연습장에 맡기고 3개월치 레슨비를 먼저 지불해버리는 것이 어떨까 싶다. 주변에 걸어서 다닐 수 있는 스크린 연습장도 꽤 있기도 하다. 그럼 어쩔 수 없이 돈이 아까워서라도 출근하지 않겠나 싶다.

그러나 역시 함부로 결정하기는 위험부담이 크다. 호랑이 마눌님의 변덕이 걱정되기 때문이다. 와이프도 3년 전쯤 두어 달 레슨을 받은 적이 있는데 그 뒤로 직장 일에 바빠서 손을 놓았던 것이다. 이후로는 통 용기를 내지 않아서 오래 전 교습 기억은 백스윙때 '왼팔 펴는 동작' 딱 한 가지만 생각난다고 한다. 아줌마의 2개월간 초보자 교습이었다면 겨우 똑딱이를 끝낸 수준이었을지도 모르겠다. 그래서 작년에 처남이 골프 입문 기념으로 선물해 준 캐디백 클럽세트는 베란다에 처박혀 녹이 슬고 있다.

나의 소박한 미래의 로망 중 한 가지는 아이들 둘 그리고 와이프와 함께 넷이서 라운딩을 하는 것이다. 농담 삼아 사춘기 아이들에게 이러한 바람을 말하면 멀뚱멀뚱 쳐다보며 아직은 전혀 씨알이 먹히지 않는 뜬구름 같은 대답이 돌아오지만 언젠가는 모두가 원하는 가족들의 라운딩을 실현하고 싶은 것이다. 아이들이 컸을 때 가족이 제대로 함께 할

수 있는 게 관절 부담스러운 고스톱을 제외하고는 먹는 거 말고 골프만
한 게 있을까 싶다. 미래의 희망 사항이지만 50을 바라보는 중년 남자의
루틴한 일상에 젖다 보면 이런 생각들이 한 줄기 신선한 빛이 된다.

생맥주 흑맥주 병맥주

독자 분들은 술을 좋아하는가? 좋아한다면 어떤 종류의 술을 좋아하는가? 오래전 골프를 배울 즈음에 뒤풀이 음료수로 사이다와 맥주를 섞어 마시는 것이 유행하였다. 시원한 탄산이 섞인 맥주는 운동 후의 끈적한 몸에 안성맞춤이었던 기억이 난다. 그 뒤로 한동안은 막걸리를 찾았다. 가끔씩 술이 약한 분이 있으면 거기에다 또 사이다를 섞어 마시기도 했다. 막걸리는 아직도 전통 있는 드링크계의 강자인 것이 확실하다. 또 얼마간은 싸이의 유행에 힘입어 도수가 강해진 소맥을 즐기기도 했었다. 물론 조금만 많이 마셔도 차를 운전할 수 없기 때문에 몇몇 독한 소주파들 외에는 1잔 이상을 청하지는 않는다.

술 종류가 무엇이 되었든 동반자들 간에 뒤풀이로 친목을 도모하는 것은 라운딩 이상으로 즐거운 면이 많다. 실제로 제사보다 잿밥에 관심을 가지는 플레이어들이 꽤 많다. 나도 그렇지 않다고 장담할 수 없다. 나의 잿밥 주메뉴는 단연 맥주임을 밝혀두는 바이다.

본 장의 주제를 이어나가기 전에 앞 장의 '라커 풍경' 중 여탕 일화에 등장하는 친구를 소개하지 않을 수 없다. 이 친구는 후에 나에게 골프채를 처음 잡게 해준 인연이 있었다. 친구는 대학 졸업 후 서울에서 직장생활을 시작하면서 그곳에 정착했고 우리는 각자 다른 곳에서 아이들 키우면서 사회생활 하느라 한동안 못보고 지냈다. 10여 년 전 이 친구를 만나기 위해 여름휴가 때 가족이 함께 서울을 방문했고 이미 골프에 맛을 들이기 시작한 친구가 무작정 나를 이끌고 동네의 골프 연습장으로 데리고 갔던 것이다. 연습볼 한 박스를 가져와서는 휘둘러보라는 것이었다.

기초 자세만 익혀서 볼을 100여 개 때려보았는데 이것이 내가 골프를 처음 알게 된 시점이었다고 할 수 있겠다. 그 당시에 어렴풋이 느낀 골프에 대한 소회는 '나에게도 골프에 대한 천부적인 소질과 애정이 깃들어 있다'는 것이었다. 물론 그 느낌은 너무 아련한 것이어서 바로 행동에 옮길 만큼 강력한 동기는 되지 못했다. 이후 약 2년간 골프를 잊어버리고 산 것은 골프의 재미를 전파시키려고 했던 그 친구의 사랑과 애정에 부응하지 못했다는 안타까움이었음을 나중에 알게 되었다.

몇 해 전 골프에 매료되어 백돌이로 지내던 나는 개인 휴가를 내서 전국 일주를 하게 되었다. 골프를 떠나서 기분전환 삼아 오랫동안 얼굴을 보지 못한 전국의 지인을 찾아 떠나는 개인 여행이었는데 부산을 거쳐 대구, 서울을 지나 광주를 찍고 돌아오는 1주일짜리 프로젝트였다. 한 여행지에서 1박만 하기로 예정했는데 서울에서는 그 친구의 거절하기 어려운 권유로 본의 아니게 2박을 하게 되었다.

당시 친구는 스크린 게임에 빠져 있었다. 진정한 골프마니아로서 손색이 없었는데 특별한 약속이 없으면 자동적으로 집 앞의 스크린 골프장을 찾는다는 것이었다. 매일 직장 퇴근 후에 그곳을 출근하듯이 들린다. 특별한 약속도 없이 현장에서 으레 만나는 단골 동료들과 어울려서 게임을 즐긴다. 한 게임도 좋고 두 게임도 마다하지 않는다. 평일 밤 12시는 보통의 귀가 시간이며 조금 더 지체해도 개의치 않는다. 가끔씩은 음식과 술도 가게 안에서 즐긴다. 가게 냉장고에는 항상 소주가 준비되어 있는데 단골 멤버들에게 소주만큼은 공짜이다. 게임에 진 동료는 안주를 사고 멤버들은 휴게소에 둘러앉아 출출한 배를 채운다. 와이프도 심심하면 밤늦게 남편을 찾아온다. 게임을 구경하며 시간을 보내다가 함께 귀가한다. 나로서 상상조차 하기 어려운 것은 친구의 심상치 않은 골프 사랑에다가 도무지 이해할 수 없는 와이프의 너그러움이었다.

VIP 고객들을 위해 스크린 게임 비용도 할인을 해준다. 그렇다고 해도 매월 스크린 골프장에 지불하는 비용은 100만 원이 훨씬 넘어간단다. 가끔씩은 자체 스크린 대회에 참여한다. 친구의 스크린 실력은 강한 싱글이다. 그러나 우승권에 들려면 언더파를 기록해야 한단다. 입상은 해보았지만 우승은 아직 못해봤다고 입맛을 다신다. 이쯤에서 나는 혀를 내둘렀다. 그동안 상상하지도 못했던 진정한 골프마니아라고 인정할 수밖에 없었던 것이다.

나는 백돌이 클럽에 겨우 회원자격을 획득했을 때쯤 평일은 일주일에 한 번씩 주기적으로 정기모임을 가졌고 주말에 1회 더 연습홀이나 다른 스크린 게임을 즐겼었다. 그 정도로 충분한 마니아였다고 자부하면서 더 지나치지 않기 위해 자제하는 태도까지 견지했었는데 서울 친구의 골프 중독을 경험하고서는 나는 마니아 축에도 낄 수 없는 밋밋한 수준임을 실감하게 되었던 것이다.

그렇게 그 친구와의 첫날 저녁은 스크린 게임을 하면서 시간을 보냈다. 지나간 세월과 그간의 이야기들이 궁금했으므로 나는 다음날 바로 떠나지 못하고 1박을 더 지체하게 되었던 것이다. 둘째 날 둘이서 결국 과음을 하게 되었다. 그 다음날 오전 내내 흐리멍덩했고 용산 KTX역에서 기차를 탄 후 오후가 다 지나가서야 조금씩 머리가 맑아오더니 저녁이 되어 광주에 도착해서야 환자 모드에서 벗어났다. 당시는 과음이라고 해봐야 저녁 내내 마시는 술의 양이나 도수는 그렇게 치명적이지도 않았는데 체력이 떨어져서인지 내구성이 약해진 것인지 조금만 오버했다 하면 다음날 맥을 못 추게 되었다.

전날 저녁은 통닭집에서 1차를 시작했다. 500cc 생맥주 두어 잔을 마신 거 같고 매번 소주 한 잔씩을 타서 묽은 폭탄주였던 셈인데 친구는 이렇게 마시는 걸 좋아해서 그 분위기를 맞출 수밖에 없었다. 2차 옮긴 곳은 단골 바. 생맥주가 제공되는 몇 안 되는 Western Bar인데 여기서는 색깔을 바꾸어 흑맥주를 마셨다. 300cc 정도밖에 안 되는 자그마한 잔인데도 가격은 거의 만 원에 육박하여 경제적인 압박으로 계속 마시지는 못하였다. 이게 일반 생맥주와는 성분이 많이 다른 모양인지 아니면

1차에서 마신 맥주와 섞는 효과가 있어서 그런지 다음날 머리를 아프게 하는 것 같았다. 흑맥 한 잔 반 정도에 한 시간씩이나 노닥거렸으니 시간당 알코올 도수는 센 편이 아니었다. 친구는 5년 만에 만난 나를 이 정도에서 쉽게 놔줄 수 없다고 버티었다. 다시 자리를 옮겨 한 잔 더 해야 한다는 친구의 반강제 권유로 주변의 또 다른 맥주집을 찾았다. 이제는 병맥주. 둘이서 코딱지만 한 맥주를 7병 넘게 마셨으니 인당 1,000cc 정도는 될 것 같다. 이쯤 되니 시간도 11시에 이르렀고 술도 얼큰해졌다.

3차까지 가는 맥주 대장정 중에는 각각의 장소에서 골프 화두가 하나씩 있었다. 먼저 시원한 생맥주 자리에서의 주제는 '스크린 게임의 실력향상 효과'였다. 친구의 주장은 별로 도움이 되지 않는다는 것이었다. 현실적으로 바깥 라운딩을 나갈 수 없으므로 어쩔 수 없이 스크린을 즐길 뿐 실전 스코어 향상을 위해서는 아무렴 바깥으로 나가는 수밖에 없다는 것이었다. 나는 약간의 이견이 있었지만 홈그라운드가 아니라서 말을 아꼈다.

두 번째 흑맥주 자리에서는 조금 심도가 있었다. 주제도 그렇고 술도 그랬다. '동네 골프장에서도 프로 경기에서처럼 엄격한 룰을 적용해야 하는가'였다. 예를 들면 잔디가 심하게 훼손된 곳이나 깊은 디봇 자국에 떨어진 볼을 옮길 수 있는가 등이었다. 친구의 의견은 동네 골프장은 연습을 주목적으로 하는 소규모 필드이므로 융통성을 발휘하여 수정할 수 있다는 논리였다. 나의 생각은 결국 골프도 사람이 만들어낸 게임의 하나이고 게임에는 기본적이고 변하지 않는 룰이 있게 마련이므로 골프장이 좋든 나쁘든 크든 작든 굳이 수정해가며 경기 원칙의 근간을 혼들 이유가 없다는 것이었다. 대세에 지장 없는 불운은 감수하는 것이 당연하다는 취지였다. 나의 평소 개인적인 지론은 어떤 경우가 발생하든 플레이어에게 유리한 방향으로는 수정하지 않는다는 것이 원칙이다. 볼에 손을 대야 하는 경우에는 조건 없이 1벌타인 것에는 예외가 없다는 단순하고 무식한 사상이었다. 그래도 목소리는 높이지 않았다. 술 취한 친구가 화나게 되면 자기 집에서 잠을 재워주지 않을지 모르기 때문이었다.

　마지막 소소한 병맥주 자리에서의 주제는 멀리건과 컨시드로 이어졌다. 동반자들 간의 우호적인 관계를 고려하여 적정한 횟수의 멀리건과 최대한 컨시드를 인정해주자는 것이 친구의 의견이었다. 나의 생각은 정반대였지만 역시 친구가 대단한 수준의 마니아임을 배려하여 입을 다물어버렸다. 술자리는 유쾌했고 우리는 즐겁게 골프 이야기에 흠뻑 취했다. 나는 친구의 골프 사랑과 철학을 경청하면서 맥주 삼매경에도 푹 빠져버렸던 것이었다. 결론이 없었던 그날 술자리의 주인공은 맥주였다. 생맥주로 시작하여 흑맥주 그리고 병맥주로 마무리했다. 이런 자리를 진짜 맥주 파티라고 할 수 있겠다.

성급한 골퍼 신중한 골퍼

아직 실전 라운딩을 접해보지 않으신 초보자라면 본 장에 주의를 기울여주시기를 바란다. 골프에서 원활한 경기 진행을 위해 매너를 중시하고자 한다면 예절바르고 스피디한 동작이 습관으로 몸에 배일 때까지 주의를 게을리 하지 말아야 한다. 농구 선수가 파울을 피하기 위해 의식하면서 플레이를 하지 않듯이 골프에서도 어느 정도 수준이 되었다면 프리 루틴 매너에 익숙해져야 한다는 것이다.

골프는 시작과 끝이 혼돈스럽고 감정의 변화가 무쌍하다. 동반자들의 플레이로부터 마음의 평정을 잃기도 하며 항상 시간에 쫓기는 고약한 스포츠이다. 매너 골프를 지향하고 적절한 샷의 타이밍을 찾아가면서 원활한 골프를 실천하기 위해서는 특별한 마음가짐이 필요하다.

그렇다고 매너를 중시한답시고 집중력을 협상할 수는 없다. 골프에서 집중력은 베스트 스코어로 가는 핵심 요소이다. 집중력에는 꼼꼼한 정성과 시간이 소요된다. 신속함과 원활함을 중시하는 골프 매너 입장에서 보면 상충되는 부분이 발생하기도 한다.

당신은 스피디한 매너 골프를 지향하는가? 진지한 스코어링 골프에 올인하고 싶은가? 역시 중도를 지키는 것이 나아 보이는가?

티샷

신속한 골퍼는 동반자가 플레이하는 중에 미리 홀 전반의 전략을 염두에 두면서 코스 매니지먼트를 완성해놓는다. 티를 꼽는 동시에 볼이 올려져 있고 뒤로 물러서면 방향이 세팅된다. 스탠스를 잡고 연습 스윙을 한 번 하면 바로 어드레스로 진격한다. 한 점 주저함이 없다. 준비는 신속하고 왜글은 단정하며 샷은 단호하다. 행동이 재빠른 선수는 40초 안에 티샷이 마무리된다. 실로 전광석화 같아서 무성의하게 보일 정도 이지만 매너 측면에서는 만점이다.

스코어링 골퍼는 좀 더 신중하다. 티 꼽는 동작부터 방향을 탐색한다. 티에 볼을 올리는 동작도 신중하다. 어떤 선수는 볼의 브랜드 활자와 방향까지 정렬시킨다. 뒤에서 방향을 꼼꼼히 점검하다가 다시 티로 가서 는 높이를 재조정한다. 연습 스윙은 최소한 2회를 해준다. 마음에 들지 않으면 한두 번 더 휘두르면서 호흡 조절을 한다. 드라이버 헤드를 볼 측면에 갖다 댄 어드레스 자세에서 다시 한 번 마인드 컨트롤을 한다. 집중력을 끌어올리는 동작인 것이다. 전방과 볼을 여러 번 번갈아보면 서 반드시 목표 지역에 날려 보내고자 의지를 불태운다. 샷이 끝나기까지는 최대 2분을 넘어가면서 동반자들의 진을 약간 빼 놓는다. 어떤 선수는 백스윙 전에 왜글도 없이 10초 이상 볼을 뚫어져라 쳐다보는 경우도 있다. 동반자들의 숨이 넘어가기 일보 직전이다.

 세컨 샷

진지한 골퍼는 대개 2개의 클럽을 지참하여 볼이 놓인 곳으로 이동한다. 게다가 볼의 라이가 예상외로 좋지 않거나 잔디 상태가 특별하면 거리에 상관없이 다시 돌아오거나 캐디를 닦달하여 클럽을 바꾸기도 한다.

스피디 골퍼는 당연히 1개의 클럽만을 선택한다. 예상했던 거리와 10m 이상 차이가 나더라도 클럽을 바꾸지 않는다. 그립을 조정하거나 스윙의 크기를 조정하여 거리를 맞추는 것이다. 가끔은 전혀 예상치 못하게 러프에 있어야 할 볼이 샌드에 들어가 있기도 한다. 게으른 골퍼는 어차피 벙커에서 온그린은 미리 포기하고 가져갔던 클럽으로(그것이 무엇이었든 간에) 최선을 다한다. 스코어링 골퍼라면 지양해야 할 게으름의 극치이다.

연습 스윙

스피디한 플레이어는 어떤 종류의 샷에서도 한 번 이상의 연습 스윙은 불허한다. 퍼팅도 예외는 아니다. 그 한 번의 연습 후에는 신속한 본 샷이 따른다. 연습의 감각을 팔과 허리가 놓쳐버리기 전에 서둘러 휘둘러야 하는 것이다. 나는 연습 스윙조차 없이 왜글 한두 번으로 바로 때리는 고수를 본 적이 있다. 그러면서도 미스샷이 거의 없었으니 대단한 집중력의 소유자가 아닐 수 없다.

진지한 플레이어는 최소 3번의 연습 스윙이 필요하다. 마지막 빈 스윙은 최고의 스윙감이 살아나야 본 샷에 임하는 것은 물론이다. 프로들의 경기에서 자주 볼 수 있는 3회 또는 4회 이상의 연습 스윙은 큰 돈이 걸린 큰 경기에서 볼 수 있는 신중함 그 자체이다.

 로스트 볼

돈을 잃고 있는 신중한 스타일의 골퍼는 오비 구역의 깊은 러프에 볼이 들어가도 좀체 포기하지 않는다. 볼이 내려올 가능성이 1%라도 된다면 제한 시간 5분을 다 써버릴 각오로 보물찾기를 한다. 해저드는 더 집착한다. 확연히 떨어지는 장면을 보지 않은 한은 캐디의 손을 잡고 물에라도 들어갈 태세이다.

스피디하고 깔끔한 성격의 플레이어들은 샷이 끝난 상태에서 이미 마음의 결정을 내린다. 카트를 타고 가면서 보이지 않는 공은 바로 포기해버리고 오비 티에서 남은 거리를 묻는다. 해저드 귀퉁이라면 캐디가 '웬만하면 찾아보자' 해도 미리 그만두라고 일러두기까지 한다. 1타는 더 시원하게 포기하는 것이다.

칩샷

그린에 가까이 오면 모든 플레이어들이 신중해진다. 고지가 바로 앞이니 돈 계산이 되는 시점이기 때문이다. 신중한 분들은 홀컵 근방까지 답사를 한다. 조금 덜 신중하다면 절반쯤 걸어와서 거리와 라이를 살핀다. 볼 지점으로 돌아가서도 샷을 서두르는 법이 없다. 마음에 와 닿는 연습 스윙이 실현되어야 섬세하고 정확하게 볼을 터치하는 것이다.

성급한 분들은 그동안 수도 없이 연습장에서 연마한 육안 거리측정법을 동원하여 한 번에 어드레스를 취하고 바로 샷을 한다. 단언컨대 쇼트게임에서는 집중이 필요하다. 이렇게 급하게 플레이하는 싱글은 본 적이 없다.

◎ 퍼팅

조급한 플레이어는 그린에 올라오면서 라이를 다 봐 두었다. 조금 먼 거리라면 볼 뒤쪽으로 가 볼 생각도 하지 않는다. 캐디가 바쁘고 버디 퍼팅 같은 긴장되는 순간이 아니라면 공도 손보지 않고 그대로 퍼팅을 시도한다. 캐디에게 라이 조언을 구하지도 않는다. 그렇게 습관이 되면 퍼팅 실력이 늘지 않는다는 개인적인 철학이 있다.

신중한 플레이어는 먼 거리든 1m의 거리든 캐디와 열심히 상담을 하

고 볼을 서너 번은 잡았다 놨다 하면서 방향을 맞춘다. 퍼팅 연습도 수
차례 감이 올 때까지 집중해서 시뮬레이션을 한다. 역시 퍼팅은 신중한
것이 미덕이다.

멋쟁이 백돌이 골퍼를 위한 제안

골프 실력으로 꾸준히 멋있을 수 있다는 것은 백돌이의 영역은 아닌 듯하다. 그러나 골프는 점수가 다는 아니며 우리는 실력이 아닌 태도와 몸가짐으로 멋쟁이가 될 수 있다. 평소의 개인적인 소신이지만 골프 외적인 요소를 중시하는 전인적인 골퍼로서의 마음가짐을 제안하는 바이다.

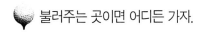 불러주는 곳이면 어디든 가자.

자주 얼굴을 보여야 한다. 동료들과의 모임에 필참하며 간혹 낯모르는 사람이 포함되어 있다면 더욱 열과 성을 다해 초대에 응하도록 해야 한다. 스크린 게임이든 필드 라운딩이든 흔쾌히 시간과 돈을 할애하는 멋있는 백돌이가 되자. 초대하는 선수의 인격이 어떤가를 고민하지 않아야 한다. 함께 플레이하는 선수가 내 지갑을 털어갈 고수인지 만만치

않은 하수인지 여부는 따지지 않아야 한다. 단지 참여 여부를 고민해야 하는 요소는 선약뿐이다. 다른 약속이 없다면 무조건 참여하여 골프에 대한 나의 모든 것을 보여주자. 불러주는 사람이 너무 많으면 주관 모임을 줄여서 밸런스를 유지하자.

 유쾌하게 플레이하자

웃는 모습으로 동반자를 대하며 시원시원한 플레이를 연출해보자. 내기보다 중요한 것은 유쾌한 플레이이며 골프 점수보다는 즐거운 골프에 중점을 두자. 동반자분의 미스샷을 보면 가벼운 위로와 따뜻한 스마일을 보내자. 심각한 골퍼를 만나서 분위기가 어두워지면 애써 무시하고 내공을 닦는 기회로 삼자. 심각한 태도는 백돌이의 면모가 아니다. 화기애애한 분위기를 만들 수 있는 멋있는 백돌이가 되자. 스코어가 내리막길을 걷더라도 위축되지 말자. 공이 오비를 향하더라도 인상 찡그리지말자. 공이 죽지 사람이 죽는 것은 아니지 않은가?

 튀는 복장을 하자.

화려한 원색의 단정한 복장을 하고 멋있는 인상을 심어주자. 최상의 옷을 선택하고 조화로운 모자를 챙기자. 골프 실력이 대단하지 않은 백돌이가 우중충한 모습으로 필드에 나타나면 첫 인상이 구겨진다. 골프는 샷 자체가 다는 아니다. 샷을 감싸고 있는 플레이어의 모습 또한 골프의 일부이다. 아주 비싼 옷이 필요한 것은 아니다. 술 한 잔 덜 마시고 계절별로 깔끔한 골프복 한 벌씩 준비해놓자.

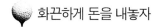 화끈하게 돈을 내놓자

웬만하면 내기에 위축되지 말자. 타당 스크래치든 홀 매치든 금액이 어떻게 세팅되더라도 흔쾌히 받아들이자. 최악의 스코어를 가정하여 항상 넉넉한 현찰을 준비하자. 더블파를 기록하며 상당히 당하는 홀에서라도 인상 펴고 우승자에게 축하를 해주자. 속이 따가운 것은 어쩔 수 없지만 내색하지 말고 냉수 한 잔으로 식혀버리자. 식사 자리에서는 신발 끈 묶지 말고 선수 치는 계산맨으로 자리매김하자. 당신은 그럴 만한 경제적인 형편이 되지 못하는가? 그렇다면 이 부분만큼은 약간의 멋을 포기할 수밖에 없음을 인정하자.

 자주 운전하자

주말 골퍼는 라운딩을 위해 대개 동반자들이 함께 이동을 한다. 언제든지 My Car 동원령이 떨어지면 즐거운 마음으로 즉시 수락을 하자. 운전의 피곤을 내색하지 말고 배려해주는 핸디도 사양해보자. 동반자들의 술 한 잔 더를 위해 기꺼이 내 한 몸 희생하고 무음주 운전 서비스를

제공하자. 한 번 두 번 운전 서비스가 쌓이면 인격도 쌓이게 되고 멋도 쌓이게 된다.

포기할 건 포기하자

지나간 샷은 잊어버리자. 실수한 샷에 대해 자책하지 말자. 냉정한 원인분석과 재발방지를 위한 미래의 연습에 매진할 뿐 과거에 연연하지 말자. 안 되는 실력에 대해 안타까워하지 말자. 점수 향상에는 오랜 시간이 걸리며 즐거운 골퍼 생활은 계속 되어야 한다. 포기할 대상에 가정이나 아이들을 포함시켜서는 안 된다. 직장과 가정을 포기하면 골프까지 망치게 된다. 골프보다 우선되어야 할 것은 본 장의 주제가 아니다.

말을 아끼자

라운딩에서 그리고 뒤풀이 식사 자리에서 말을 아끼자. 타이밍 맞추지 못하는 농담이나 어설픈 골프 철학을 내세우지 말자. 겸손한 자세로 경청하고 궁금함을 문의하는 정도로 분위기를 맞추자. 플레이 중에는 무거운 주제를 꺼내지 말자. 동반자가 타석에 들어서면 침묵을 즐기자. 부적절한 시기에 부적절한 주제를 꺼냈다가 동반자들의 침묵을 접하게 되면 이보다 더 뻘쭘할 수는 없다.

4부_ 갤러리(Gallery)

퍼팅과 멘탈 게임

최근에 흥미로운 골프 기사가 하나 떴다. 퍼팅과 멘탈 게임에서 타이거 우즈가 아직도 이름을 올리고 있다는데, 오랜 기간 대단한 선수임이 분명하다. 그런데 멘탈 게임 잘하는 기준은 무엇일까?

미국프로골프(PGA) 투어에서 뛰는 선수 30명 이상에게 드라이브샷, 퍼팅, 쇼트게임, 벙커 플레이, 아이언 플레이, 멘탈 게임에서 현재 최고의 선수와 역대 최고의 선수를 뽑는 설문조사를 실시했다고 한다.

드라이브샷에서는 그렉 노먼이 압도적인 지지를 받아 역대 최고의 선수로 꼽혔다. 미PGA 투어 20승을 올린 노먼은 빠른 템포의 스윙으로 전성기였던 1990년대 초반 평균 드라이브샷 거리가 280야드를 넘었다. 로버트 개리거스는 "그렇게 강한 드라이브샷을 하면서 어떻게 그렇게 정확할 수 있는지 말도 안 된다."고 했다. 현재 최고의 선수로는 키 193cm의 더스틴 존슨이 뽑혔다. 존슨의 지난 시즌 평균 드라이브샷 거리는 314.2야드였다.

퍼팅에서는 타이거 우즈가 역대 최고의 선수, 스티브 스트리커가 현재 최고의 선수로 꼽혔다. 《골프다이제스트》는 "요즘 우즈는 옛날만큼은 퍼트를 잘 못하지만 우즈만큼 기억에 남는 퍼트를 많이 한 선수는 없다"며 "그런 우즈가 스트리커에게 퍼트를 배우러 갈 정도"라고 전했다.

쇼트게임과 벙커 플레이에서는 지난해 세상을 떠난 세베 바예스테로스가 역대 최고의 선수로 뽑혔다. 쇼트게임에서는 필 미켈슨, 벙커 플레이에서는 루크 도널드가 각각 현재 최고의 선수로 동료들의 지지를 받았다.

아이언 플레이에서는 '골프의 전설' 벤 호건이 역대 최고, 세계 랭킹 1위 로리 매킬로이가 현재 최고의 선수로 꼽혔다. 그레엄 맥도웰은 "매킬로이의 아이언샷은 길게 날아가 부드럽게 내려앉는다"며 "특히 그의 4번 아이언샷은 내가 꿈에서나 보는 샷"이라고 추켜세웠다.

멘탈 게임에서는 우즈와 잭 니클라우스 두 사람이 역대 최고의 선수로 뽑혔다. 우즈는 '현재 멘탈 게임 최고의 선수' 부문에서도 만장일치로 선정됐다. 빌 런드는 "요즘 우즈는 예전과 같은 멘탈 게임을 보여주지 못하고 있지만 우리는 모두 그의 능력을 안다"며 "우즈나 니클라우스처럼 메이저 대회 다승 기록을 세우려면 재능과 열정만큼이나 멘탈 능력이 필요하다"고 말했다.

멘탈 게임의 결정판은 퍼팅이다. 퍼팅을 잘하기 위한 노력은 프로들이나 백돌이나 한결같이 필요하다. 특별히 심리적인 부분에 대한 통찰력과 효과적인 태도를 견지하는 것이 필요하다. 얼마 전 동네 도서관에 들러서 책을 한 권 빌려왔는데, 제목이 『퍼팅, 마음의 게임』이다. 간단하게 생각할 수도 있는 주제지만 스포츠 심리학자인 이 저자는 아주 많은 이야기보따리를 풀어놓으며 끝이 없을 것 같은 뜬구름 잡는 학설을 쏟아놓는다.

퍼팅이라고 한다면, 나도 이제 그 중요성을 설파할 수 있을 만큼 그 의미가 지대하다는 것은 인정하는 바이지만, 그건 여전히 실천이 따르지 않는 말뿐인 허황된 개념이라 대부분의 아마추어들에겐 진정으로 와 닿지 않는 면이 많다는 데 동의한다. 그런 점에서는 물론 백돌이인 나도 마찬가지이다. 연습을 게을리 하는 것이 으뜸가는 증거요, 실전에서 라이 읽기를 게을리 하는 것이 버금가는 증거이다.

조금이라도 마음을 다 잡을 필요가 있어서 심리분석 책 읽기를 시작했는데, 몇 장을 들추기도 전에 흥미가 떨어지고 억지 공부하는 듯한 지루함이 엄습하여 중 후반부는 정독을 단념했고 이로써 '진정으로 와 닿지 않는다'는 또 하나의 증거를 남기게 되었다.

그래도 그냥 지나칠 수는 없다. 보기 플레이를 희망하고 궁극에는 싱글을 꿈꾸는 백돌이므로. 몇 가지 와 닿는 교훈들과 개인적으로 공감이 가는 부분들을 간추려서 그래도 포기하지 않으려는 자세를 흉내 내어 보았다. 지금 밖에는 한참 늦여름 태풍이 지나가고 있는데 '마음의 게임'에 빠져본다.

잭 니클라우스 왈 "저는 쓰리 퍼트를 하지 않고 5피트 내는
절대 실수를 하지 않습니다."
모 갤러리 왈 "지난주에 3피트 퍼팅 놓치지 않았습니까?"

다른 사람은 그렇지 못할지라도 나는 완벽한 퍼팅을 할 수 있는
재능이 있다.
자신감이 실린 퍼팅에는 영감이 서려있다.

볼이 지나가는 상상의 라인과 홀에 떨어지는
생생한 그림을 그려라.
실제 연필로 그리는 것이 아니니 누구라도 가능하다.
생각만 할 수 있는 백돌이라면.

그린에서는 퍼팅만 생각하고 결과에 따라
오는 어떤 것도 생각하지 마라.
타당 스크래치 금액이 아른거리는가? 잊어버리자.
실패하면 우승을 놓쳐버리는가? 번뇌를 잊어버려야 한다.

퍼팅에서 최선을 다한다는 것은 어드레스를 잡을 때까지 만이다.
한 번에 단호하게 결정하자.

볼을 때리기 전에 퍼팅의 결과는 이미 결정되어 있다는 운명론을 받아들여라.

그리하여 제대로 퍼터 스팟에 공을 맞추자.

퍼팅 루틴을 일관한다.

생각과 행동의 일관성이 퍼팅 라이의 집중에 도움이 될 것이다.

경험은 퍼팅 라인을 읽는 데 큰 도움을 주지 않는다.

감각에 의존하자. 다년간 백돌이의 구력을 우습게 보면 안 된다.

여러 번 그린을 읽는 것이 한 번만 보는 것보다 더 정확하다는 어떠한 증거도 없다.

우물쭈물 하지 말자. 교훈이 있을지라도 실패는 없다.

실수한 퍼트에 대응하는 가장 건설적인 방법은 잊는 것이다.

떠나간 버스에 손 흔들어 무엇 하랴. 홀을 비켜간 무정한 공을 원망하면 무엇 하랴.

쓰리핏을 두려워하지 마라.

네버업 네버인이다(Never up never in). 소심한 퍼팅은 사양이다.

용감한 백돌이는 힘이 부족하면 안 된다.

지난 주말의 버디 퍼팅을 계속 상기하라.

고기를 먹어본 사람이 맛을 안다. 그 맛을 기억한다면 레시피도
만들기가 쉽다.

싱글의 면모

싱글. 백돌이들에겐 꿈의 경지이며 넘지 못할 벽의 높이를 체감하는 스코어이다. 더욱이 주말 골퍼라고 하면 오르지 못할 산처럼 다가오는 대단한 존재이다. 백돌이로서는 이런 분들과 함께 라운딩을 도모할 수 있는 것만으로도 영광스러운 일이다.

과연 주말 골퍼들의 싱글 스코어 플레이는 가능할까? 주변을 둘러보면 가능한 것처럼 보인다. 최근 모 언론에서 설문 조사한 결과는 골프를 즐기는 대상자 5천 명 중 5% 정도가 자신이 싱글임을 자처했다고 한다. 보수적인 기준으로 볼 때 다소 높은 비율이다. 경험상 그리고 까다로운 잣대를 들이댄다면 1% 전후가 될 것이라는 게 흔들리지 않는 소견이다. 이러한 소수의 싱글 기록도 천부적인 골프 DNA를 타고났거나 프로의 지도하에 노하우를 전수받은 골퍼라면 입문 후 1, 2년 안에라도 실현 가능하다.

경험적인 실제 추정으로는 주변에 대략 100명 골프 인구 중 1명 정도로 보인다. 약간의 운과 코스의 궁합이 맞아 들어간다면 평소 보기 플레이어라도 가끔씩 싱글 기록을 낼 수 있을 것이다. 이 정도라면 주변에도 많은 사람들이 손들 들 수 있겠다. 그러나 꾸준히 기복 없이 안정적인 싱글 스코어를 내야 한다면 이야기가 달라진다. 10회의 라운딩 중에 대략 7회 이상은 달성해야 안정적이라는 말을 붙일 수 있지 않겠는가? 이쯤 되면 들었던 손을 거두어야 하는 분들이 대부분일 것이다. 내가 아는 강한 보기 플레이어(평균 80대 중반) 한 분은 입문 후 8년 이상 싱글 기록을 한 번도 달성하지 못한 채 아직도 칼을 갈고 있다고 한다.

그렇다면 싱글이라는 스코어는 정확히 얼마인가? 혹자는 18홀 파 72 기준 최고 높은 싱글 숫자 9를 합하여 81개까지로 후하게 쳐주는 사람이 있고 혹자는 80(끝자리 0을 숫자로 보지 않고 8자만을 한 자리 숫자로 인정)까지로 인정하는 분도 있지만 여기서는 싱글의 상징적인 스코어 70(대)에서 끝자리가 싱글 숫자인 9를 더해 79개 기준에서 73개까지로 설정한다.

이제 내가 아는 싱글 한 분을 소개함으로써 그 수준이 어느 정도인지 판가름해보고자 한다. 작년에 나의 약소한 홀인원을 곁에서 지켜본 분이다. 구력이 20년 가까이 된 분인데 오래 전 우연한 기회에 알게 되었고 그 이후 내가 입문하면서부터 골프 레인지에서 자주 얼굴을 익히며 가까워졌던 분이다. 그 분 이력을 들여다보는 것 자체만으로도 심기일전을 유발한다. 싱글(Single)의 이니셜을 따서 S프로라고 지칭해두자.

최소 몇 회 이상 플레이를 함께 해 본 분들 중에서는 검증된 싱글이다. 안면은 있지만 나와 플레이를 자주 해보지 않은 싱글 분들께는 양해를 구해야 할 대목이다. 여러 차례 함께 플레이를 해 본 선수들만 대상이라고 생각해주시면 되겠다. 인맥이 쌓여서 더 많은 위대한 골퍼들을 발견할 수 있기를 바라본다.

주말 골퍼가 싱글이라는 명함을 획득하기는 낙타가 바늘구멍을 지나가기보다 어렵다. 게다가 나의 핸디 인증 기준은 까다로워서 한두 번의 요행 기록으로는 인정해 주지 않는다. 백돌이인 나의 경우 여태껏 골프를 8년 넘게 쳤지만 스코어가 평균 100개에 육박한다. 그것도 사실 처음 에이원cc에서 정규 18홀 머리 올릴 때 기록했던 126개는 제외한 기록이다. 제목에서도 밝혔듯이 꽤 분명하고도 경험적인 백돌이의 기록이다. 통상 백돌이는 95개에서 104개 사이를 오르내린다.

이 싱글 분과의 실전 라운딩이 아주 많았던 것은 아니다. 위대한 싱글 골퍼를 아무 때나 쉽게 초대할 수는 없었기 때문이다. 미니 쓰리홀을 포함한다면 20여 게임 될는지 모르겠다. 작년인가 쓰리홀에서 이 분이 '사이클링 버디(순서에 상관없이 파3, 파4, 파5 3개 홀을 연속해서 버디 성공)'를 기록하는 것을 목격했다. 쓰리홀 거리가 짧고 그린이 그다지 빠르지 않지만 페어웨이와 그린의 잔디 상태가 척박한 구역이 꽤 있었으므로 이것으로 난이도를 조금은 따라 잡을 수 있겠다.

한 번은 18홀 바깥 라운딩을 함께 했었는데 겨울 시즌이라 필드 컨디션이 좋은 상황이 아니었다. 인코스 초반 어느 홀에서 얼어 붙은데다 경사가 심한 그린에 어프로치한 이 분의 볼이 홀 부근에 떨어져서 계속 미끄러지는 바람에 파포 더블파를 기록한 적이 있었고 또 백나인 어느 홀에서는 드라이버 티샷을 제대로 OB 내는 것도 지켜보았다. 미스샷들은 기억에 오래 남게 마련이고 평범한 파플레이는 당연한 것으로 받아들인다. 결국 마지막에 스코어 카드를 확인하니 7오버가 찍혀있었다.

최근 쓰리홀에서도 3회전 9홀 게임을 마무리하면서 보기 없이 버디 2개를 기록했다. '보기 없이 버디 2개'라 이런 표현은 프로 경기 중계에서나 들을 법하지 않은가? 그날도 각자 만 원씩 내기 건 돈과 버디 상금 생돈은 통닭에 생맥주 뒤풀이로 그 분이 몽땅 사게 된 셈이다. S프로와의 쓰리홀에서는 늘상 있는 일이다. 이 분과는 쓰리홀을 자주 동반해 봤는데, 아주 가끔씩 미스샷을 낼 때도 있지만 게임 전체를 통해서 맥없이 무너지는 경우는 한 번도 없다는 것이다. 거의 매번 싱글의 평균 기록을 유지했고 따라서 동반자들의 판돈을 독식했다고 보면 된다.

이 분의 라이프베스트를 물어보았더니 전라도의 모 골프장에서 Even Par를 기록한 적이 있다고 한다. 주말 골퍼로서는 경이적이 아닐 수 없다. 그리하여 이 분에게는 마지막 하나의 기념비적인 기록을 남겨두게 되었다고 하는데 이름 하여 언더파이다. 예전에 딱 한 번 싱글을 기록했던 한 친구가 언더파 목표를 언급하며 의지를 다지는 것을 보았는데 그때는 너무 비현실적인 망상이 아닐까 하고 의구심을 가졌었다. S분이 이븐까지 기록한 적이 있다는 말을 들으니 이 젊은 친구의 목표가 그다지 불가능한 망상은 아닌 것 같은 생각이 들게 된다. 나의 경솔함을 반성해야 할 대목이다.

세상사 어떤 것에도 굴곡이 있는 법, 이 분에게도 슬럼프가 찾아 왔었다. 왕성하게 취미 활동하면서 싱글로써의 관록을 다지고 있던 3, 4년 전쯤에 엘보가 왔었다. 1년 이상을 고생하면서 골프를 거의 접었다고 들었는데 엘보의 통증은 상상 이상의 고통이라는 사실을 그 때 알게 되었다. 꾸준한 치료와 안정 후에 고질적인 통증이 사라지면서 다시 필드로 돌아 왔고, 이제는 전성기 때의 90% 정도 기량을 되찾은 거 같다.

이 분이 나의 정신적 코치가 되고 있다. 코칭에서 이 분은 골프 금언을 지키고 있는데, 요청 받지 않으면 어떤 조언도 하지 않는다는 것이다. 연습장을 가보면 눈살 찌푸리는 코칭 광경을 더러 보게 된다. 친한 사이라면 그런대로 눈감아 줄 수 있지만 초면인 초보자에게도 무작정 한마디씩 툭툭 던지는 사람이 있다. 그래도 배우고 싶은 정성이 있거나 성격상 거절할 수가 없는 초보자는 어정쩡한 분위기로 코칭을 받는 경우를 꽤 보았다. 그러나 조심 또 조심해야 할 대목이다. 오죽하면 골프와 운전은 와이프라도 가르쳐주는 게 아니란 말이 있지 않은가? 부지불식간의 가르침은 잔소리가 되고 올챙이 시절을 기억할 리 없는 우리네 잘난 남편으로부터 짜증 섞인 핀잔이 만무하면 초보자 아내는 기분만 상하고 골프채를 던지고 싶어지는 것이다. 이혼을 결심하는 적지 않은 커플들이 골프와 운전 교습 중에 불화의 불씨를 싹 틔운다고 한다. 지어낸 이야기가 아니다. 어쨌든 매너 골프를 지향하는 사람으로서 지나칠 수 없는 중요한 주제였음을 이해해주셨으면 좋겠다.

하여간 이 분으로부터도 별도로 레인지나 코스에서 코칭을 받아 본

적은 한 번도 없었고 다만 골프에서는 일종의 실전 롤모델이라고 할 만하다. 분위기만 보면서 감성으로 배운다고 할까? 물론 아주 가끔씩 게임 운영이나 연습 태도에 대한 조언을 요청하는 경우에는 간단하지만 과학적이고 간결한 분석을 곁들이는 답변이 돌아오기도 한다.

모든 고수들이 입을 모으듯 이 분도 쇼트게임의 중요성을 자주 강조한다. 싱글과 보기 플레이어의 확연한 구분이 여기에 있다고 한다. 어프로치와 퍼팅이 그것이다. 특히 퍼팅은 장소에 구애됨이 거의 없이 거실에서든 스크린이든 또는 쓰리홀 연습 그린에서든 기회 있을 때마다 연습해도 과함이 없을 것이라고 입버릇처럼 말한다. 싱글은 과연 타고난 DNA가 있는 것인가? 아니면 세 트럭분의 연습볼을 해치워야만 가능한 것일까?

디오픈(The Open)

골프에 대한 열정이 식는 것을 방지하기 위해 집 안에 액자 하나를 걸었다. 타일 벽에 흠집 난다는 와이프의 태클 때문에 불로 녹여서 붙이는 고리걸이 4개를 위아래 배치해서 살짝 걸쳐 놓은 것이다. 화장실 입구 맞은 편 벽에 교과서라고 정평이 나 있는 어니 엘스의 시퀀스 스윙 사진을 정면과 측면 8개씩 총 16개 포즈를 찍어놓은 것이다. 누구든 화장실을 들어가기만 하면 나올 때 필수로 볼 수밖에 없다. 머리를 숙인 채 앞도 보지 않고 화장실을 나서는 사람은 없기 때문이다. 골프에 전혀 관심 없는 아이들이나 와이프도 보지 않을 수 없다. 이것만으로도 이미지 트레이닝이 되어서 실력이 부쩍 느는 것 같다. 온 가족 모두 그럴 것 같다.

어니 엘스와는 특별한 인연이 생겼다. 2012년 영국 디오픈(The British Open)에서 우승했기 때문이다. 액자를 걸어놓고 텔레파시를 교감한 지 불과 몇 개월 만에 세계 최고의 PGA 은주전자(우승컵)를 들어 올렸던 것이다. 디오픈의 감흥이 잔잔히 살아난다.

대회 전날 디오픈을 중계한다는 골프 채널을 틀어 보니, 나이 지긋한 몽고메리와 그보다 훨씬 젊은 한 유명한 선수가 나와서 역대 디오픈 코스 중 Best 코스를 1번 홀부터 선정해나간다. 그동안 여러 골프장에서 경기를 치렀다고 한다. 코스 이름을 다 기억하지 못하지만, 1번 홀은 어디의 어느 홀 2번 홀은 또 어디 하면서 소개를 해준다. 주로 악명 높은 어려운 홀들이 선정되던데, 티샷부터 코스 구상에 머리를 짜게 만들고 세컨샷에서는 더 세밀한 작전에다 용기를 시험하는 그런 무시무시한 홀들이 선정되고 있다.

두 골프 황제들이 말하기를 역시 사람을 긴장하게 만들고 그래서 한두 번쯤은 고통을 당하기도 하면서 고뇌하게끔 만드는 코스를 꼽더라는 것이다. 이게 골프의 야생성과 내면의 회오리 지향성을 두드러지게 하는 것이 아닌가 싶다. 어차피 경쟁자들도 마찬가지일 터이니 도전적인 플레이를 선호한다는 모양이다.

역시 대회 명성에 걸맞게 첫 라운드부터 그 많은 갤러리와 대회 운영 직원들을 보니 출전하는 선수들이 머쓱하지는 않겠다. 고풍스럽고 아담한 클럽하우스며 위협적인 높이에 진한 흙색의 굵게 빗질해놓은 벙커와 오랜 전통을 풍기는 은은하고 침침한 분위기까지 120년이 넘는 역사를 자랑하는 듯하다. 200야드가 넘는 첫 파쓰리 홀부터 스탠드를 가득 메운 그리고 코스 좌우로 늘어선 구경꾼들 그리고는 멀리 그린 너머 관람석의 갤러리를 향해서 마주보며 날리는 긴장되고 파워풀한 첫 티샷. 당일 저녁 회식이 있었지만 2차의 유혹을 뿌리치고 일찍 들어온 게 전혀 아깝지 않았다.

1라운드부터 1위로 나선 아담 스캇은 시원한 키에 터무니없이 길다란 퍼트를 이상한 폼으로 치는 선수이다. 이 친구는 몇 년 전부터 퍼팅 난조 때문에 침체를 겪다가 2010년 이후 재기에 성공해서 1년에 1개씩 대회 우승을 하고 있다고 한다. 재미난 것은 우즈가 해고한 캐디를 고용해서 데리고 다닌다는 것이다. 아담 스캇은 3라운드까지 침착하고도 대단한 집중력으로 당당히 1위를 수성하고 있었다. 디오픈 마지막 라운드 시작할 때까지만 하더라도 큰 변수가 없는 한 아담 스캇의 우승은 큰 무리가 없어 보였다.

맥길로이가 1라운드 15번 홀 티샷한 볼이 갤러리를 맞혀 피를 흘리게 한다. 이 젊은 친구는 차세대 황제로 불리는 유명인이다. 티샷한 볼이 갤러리의 머리를 맞추고 그 사람은 쓰러졌는데 잠시 후 영상을 보니 옆 사람이 부축하고 의사가 달려와서 머리에 붕대 감고 티박스에서 맥길로이가 참담한 표정으로 걸어와서는 미안하다고 말한다. 왼손에 장갑을 끼고는 손바닥에 뭐라고 적어서 머리에 공 맞은 갤러리에게 준다. 맥길로이의 사인이 들어있는 장갑(바로 직전까지 끼고 경기를 하던 장갑)을 받은 갤러리는 좋아하기는 하지만 머리에 충격이 심한지 눈빛은 정상적이지 않다.

맥길로이가 사고 지점으로 왔을 때 따라다니던 진행요원이 다소 격양된 목소리로 공을 만지지 말라고 몇 번이나 소리치는 장면이 있고 난 후 무슨 연유에서인가 그 볼은 오비 처리가 되었다. 맥길로이가 풀이 죽은 채 다시 티박스로 되돌아간다. 그런 상황에서는 누구나 주눅이 들고 경기가 잘 풀리지 않는 게 다반사인데 역시 차세대 황제답게 그 어린 나이에도 불구하고 16번 이후 3개 홀에서 버디를 2개씩이나 낚는다. 사고를 치고 오비를 낸 15번 홀에서 더블보기 이후 버디 2개로 기사회생하여 1라운드 3언더로 타이거 우즈와 함께 공동 6위에 이름을 올렸다. 역시 맥길로이가 재목인 모양이다. 멘탈 게임에서도 젊은 나이답지 않게 완숙한 경지를 보여준 셈이다.

타이거 우즈가 러프에서 헤매는 모습을 보게 되어 즐거움 반 안타까움 반이었다. 점수를 까먹게 되어 팬으로서 안타까운 상황이었지만 척박하고 긴 잡초들이 아이언 헤드에 감기면서 쪼로나는 보기 드문 장면을 보게 되어 한편으로 재미가 있었다는 것이다. 실은 정상급 선수들로서는 뼈아픈 실수였겠지만 초보자가 보기에는 샷 자체는 전혀 미스인지도 눈치 채기 어려웠던 게 사실이다. 샷 후에 채 2m도 떨어지지 않은 지점에 볼이 남아 있었음을 보고 실수였음을 알게 된 것이다.

타이거는 답답할 정도로 경기가 풀리지 않는데 그린에 올려서 버디를 만들 찬스를 번번이 놓쳤고 롱아이언은 그린에 세우지도 못하고 굴러서 그린 밖으로 나가기 일쑤였다. 급기야는 벙커에 빠져서 벽에 가깝게 붙은 공을 적극적으로 공략하려다가 트리플 보기로 한꺼번에 점수다 까먹기까지 한다.

이 부분은 빅 이슈였으므로 자세히 살펴보자. 누가 봐도 무리인 것 같은 샷을 정상급 선수가 시도하는 것까지는 좋았지만 공은 전혀 뜨지 않고 벽의 한가운데를 맞고 튀어 나왔고 이때 공이 몸에 닿지 않게 하려고 허둥대는 모습이 몹시 안타까웠다. 벽 맞고 튕긴 공이 그 전보다 더 어려운 자리에 떨어졌고 이걸 앉은 자세로 순전히 어깨와 팔만으로 쳐서 간신히 벙커 상부를 맞추고 핀에서 한참 먼 곳에 떨어지게 되었다. 어떻게 앉은 자세로 허리의 움직임 없이 공을 때릴 수 있는지 대단하다. 이 장면은 아마도 골프역사에 남을 한 장면이 아닌가 싶다. 물론 실패의 표본으로써인 것이다. 다음 롱퍼팅이 빗나가고 다시 짧은 퍼팅도 또 빗나가서 결국 쓰리펏에 트리플 보기를 기록하게 된다.

그런데 바로 뒤에 따라오던 맥도웰도 같은 벙커의 비슷한 위치에 빠졌다. 정말 묘한 우연인데 여기서 두 선수의 플레이 성격이 나온다. 평소 유쾌하고 명랑한 맥도웰은 한 번에 올리기를 포기하고 벙커 레이업을 한다. 그리고 좋은 위치에서 두 번째 벙크샷을 핀 가까이로 붙여서 보기! 보기와 트리플보기는 하늘과 땅 차이였다.

아마추어들이야 까짓 것 폼생폼사로 시도해볼 수도 있겠지만 무리한 시도가 실패할 확률도 높다. 실패했을 때 자신의 그날 라운딩에 오점을 남기는 것은 물론이고 자칫 동반자들로부터 무모한 사람이라는 낙인찍히는 불상사가 생길 수도 있다. 맥도웰의 레이업은 뒤에서 따라오면서 앞 팀에서 허우적거리는 타이거의 모습을 멀리서 보고 반면교사로 삼았을 수도 있겠지만 역시 코스 매니지먼트가 얼마나 중요한지 다시 한 번 일깨워주는 좋은 예인 것 같다.

긴박한 라운드는 어느새 마지막 최종 라운드에 이르렀다. TV에서는 디오픈 우승권 선수들이 마지막 라운드 티오프를 개시하면서 긴장감 있는 플레이를 보여주기 시작한다. 이후 새벽 1시까지 2라운드를 펄펄 날았던 스네데커가 빠른 속도로 몰락하고 우즈는 그런대로 2등 그룹에서 버티는 분위기였으며 아담 스캇은 링스코스에서의 그동안 잠잠했었던 바람이 조금 드세어지는데도 좀체 흔들리지 않고 4타 정도 리드를 지켜나가면서 우승권에 한 발씩 다가가고 있었다.

나의 픽처 코치 어니 엘스는 침착한 표정으로 평균 2개 홀에서 반 타 정도 줄이는 은근한 저력으로 치고 올라오는 느낌을 즐길 수 있었다. 새벽 1시쯤 되니 다음날 출근도 걱정되고 눈도 따끔거려서 더 이상 TV 갤러리 노릇은 참아야 할 것 같았다. 결정적인 실망은 우즈가 벙커에서의 좌충우돌로 3타를 까먹는 것을 본 것이고 어니 엘스는 그 때까지도 치고 올라오는 속도가 너무 느렸던 것이다. 아담의 우승에는 별 변수가 없는 것으로 보였다. 새로운 메이저 챔프를 예견하면서 잠자리에 들었던 것이다.

아침에 TV를 켜니 어니 엘스의 역전승 소식이 흥미를 불러일으켰다. 나중에 스코어를 확인해보니 역시 소고기도 먹어본 친구가 먹는다고 최근 메이저 우승이 없었던 아담이 마지막 4개 홀에서 계속 보기를 하면서 한참 앞서 게임을 마무리하고 쉬고 있던 어니에게 은주전자(우승컵)를 헌납한 꼴이 되었다.

이로써 골프의 역동성과 변화무쌍한 내면의 회오리를 다시 한 번 체험하게 된다. 이것은 아담 스캇의 마지막 1.5m 퍼팅에서 여실히 드러났다고 보이는데 골프가 이런 것인 모양이다. 평소 1달러짜리 1m 퍼팅 내기는 실수를 하지 않지만 디오픈에서의 마지막 그 퍼팅은 100만 불의 가치가 있었으니 그 긴장감이 오죽했을까 싶다.

어니 엘스는 힘 빼고 치는 부드러운 샷의 대가이다. 오죽했으면 어니의 아이언은 스틸이 아니고 그라파이트가 아닌가 라고 의심을 할 정도이다. 3라운드까지 전혀 두각을 나타내지 못하다가 마지막에 조용히 우승한 어니 엘스에게 축하를 보낸다. 나의 픽처 코치에게.

이번 대회에서 스코어와는 상관없이 유심히 본 선수가 있다면 바로 올드맨 톰 왓슨이다. 그는 1974년부터 무려 다섯 번이나 디오픈의 은주전자를 들어 올린 살아있는 전설이다. 올해 62살이고 60살이던 2009년에는 마지막 라운드까지 1위를 지키다가 연장전에서 안타깝게 우승을 놓쳤는데, 만약 이때 우승을 했으면, 무려 40년 가까이 우승자 반열에 오르게 되는 셈이었다. 2라운드 마지막 홀에서 롱펏을 성공시켜 버디를 낚고 겨우 컷을 통과했는데, 그전에 마지막 홀로 걸어오는 이 살아있는 전설에게 존경심 어린 박수를 보내는 갤러리들의 환호성과 이를 담담한 표정으로 손을 흔들어 받아주는 톰 왓슨의 모습에서 진정한 영웅의 모습을 볼 수 있었다.

한때 이미 모든 것을 이루었고 최고의 자리에 올랐지만 아직도 새파랗게 어린 선수들과 어깨를 나란히 하면서 현역으로 뛰고 있는 주름 가득한 톰 왓슨의 모습이 새삼 아름답게 보이기까지 한다. 진심으로 환호하는 갤러리들과 그 것을 담담히 받아내는 늙은 영웅의 얼굴, 그 장면이 특별히 은은하게 다가온다.

100년 전 US OPEN: 프랜시스 위멧

암울했던 IMF 시절 박세리가 골프 하나로 국민들에게 얼마나 많은 용기와 희망을 주었는지 지금도 생생하게 기억하고 있으며 그 쾌거가 우리나라의 골프 대중화에 지대한 영향을 미쳤다는 사실을 부인하는 사람은 없을 것이다.

그렇다면 미국의 골프 대중화는 누가, 어떻게 일구어냈을까?

1913년의 어느 날 빗방울이 뚝뚝 떨어지는 비닐 옷을 입은 수천 명의 관중들이 위멧 주변에 몰렸다. 그를 위해서 환호하며 헹가래를 쳤다. 흥분한 여인들은 꽃을 떼어 승리자인 그 청년에게 던졌다. 수백 명의 남자들은 그의 등을 두드려주고 악수하기 위해 몰려 다녔다.

"내가 천 년을 살아도, 이처럼 놀랍고, 스릴 있고, 멋진 게임을 두 번 다시 보지 못할 거야. 이 소년이 바든과 레이를 물리치고 진정한 챔피언이 되다니. 우리가 주말 골프를 치러 목성이나 화성에 갈 수 있다면, 오늘 위멧의 승리를 믿을 거야. 나이가 들면, 아이들이 그 낭만적인 이야기를 다시 들려달라고 조를 거야."

이는 미국 골프 역사상 가장 드라마틱한 뉴스였다. 약관 20세의 캐디 출신 청년 프란시스 위멧이 위대한 골퍼 해리 바든과 테드 레이를 물리치고, US OPEN 사상 첫 아마추어 우승자가 되었기 때문이다.

위멧은 정원사 아버지를 둔 가난한 소년으로 그 해 US OPEN이 열린 브루클린 소재 THE COUNTRY CLUB에서 어린 나이부터 캐디를 하면서 골프를 시작했다.

그는 학창시절 내내 아르바이트를 해야 했지만 어깨 너머로 배우면서 상당한 실력의 골퍼가 되었다. 그 해 그는 US 아마추어에 출전할 정도로 훌륭한 골퍼였지만 그가 캐디로 일한 골프장에서 열리는 US OPEN에는 참가할 계획이 없었다. 그는 단지 경험상 출전해 보라는 주위의 권유로 신청서를 내게 되었다.

또 하나 낭만적인 점은 당시 위멧의 캐디를 맡은 사람은 갓 10살이 넘은 동네 소년이었다는 사실이었다.

그해 US OPEN은 대단히 흥미로울 것으로 기대되었다. 미국 내 최고의 골퍼는 물론, 해리 바든과 테드 레이라는 당대 최고의 영국 골퍼들이 참가하기로 되어 있었다. 그 때만 해도 미국 골퍼들은 골프 종주국인 영국 골프에 대한 열등의식이 상당히 자리 잡고 있었다. 그들은 경외, 두려움의 대상이었다. 두 거인들은 미국 골퍼들에게 한 수 가르쳐주기 위해 참가하는 것이었으며, 당연히 두 사람 중 한 사람이 우승하고 다른 사람은 준우승을 할 것으로 보았다.

모든 것이 예상한 대로 진행되었다. 72홀 마지막에 이르러 두 명의 영국인 들은 304타 동타로 선두에 나란히 이름을 올려놓고, 게임이 끝나기만을 기다리고 있었다.

그들을 압박하리라 여겨졌던 미국 골퍼들은 차례로 떨어져 나갔다. 그러나 아무도 주의를 기울이지 않았던 위멧은 그렇지 않았다. 메사추세츠 밖에서 그를 아는 사람은 아무도 없었으며 나아가 아마추어 선수가 US OPEN에서 우승하리라 기대한 사람 또한 아무도 없었다.

마지막 날 오후 스코어보드에는 위멧이 그들을 따라 잡을 수 있는 가능성을 보여 주었다. 마지막 6홀을 파 4개 버디 2개로 하여 22타로 마친다면 그들과 타이를 이룰 수 있었다. 그러나 최고의 대회 마지막 라운드의 압박 하에서 어린 선수가 이루기 힘든 일이라 여겨졌다.

위멧은 이런 상황을 눈치 채지 못하고 있었다. 그랬기 때문에 그것을 이루어 나갔다. 13번 홀에서 버디를 한 후 연이어 3개 홀을 간신히 파로 마무리했다. 나머지 2개 홀(가장 어려운 홀들이었다)에서 하나의 버디를 필요로 했다. 모든 관중이 그에게 모였다. 바든과 레이도 합세했다. 한 편의 드라마의 긴장감이 그들 모두를 사로잡았으나, 그것을 해야 하는 소년만은 침착하였다.

그는 17번 홀에서 20피트의 다운힐 사이드힐 퍼팅을 쟀다. 그리고 그가 침착하게 스트로크한 볼은 컵 뒤를 맞고 홀컵에 떨어졌다. 그러자 숨을 죽이고 있던 갤러리들로부터 거대한 함성이 일었다. 잠시 후 고색창연한 클럽하우스의 그림자 속에서 18번 홀 마지막 퍼팅이 들어갔을 때, 놀라운 함성이 다시 터져 나왔다.

시골소년인 전직 캐디가 일을 냈다. 영국의 위대한 골퍼인 바든과 레이와 동타를 이루었다. 당시만 해도 미국인들은 영국에 대한 열등감이 있었는데 영국의 횡포에 대항한 그 유명한 보스턴 차 사건이 일어난 인근에서 US OPEN이 개최되고 있어 미국의 국민정서는 아직도 그 때의 일을 잊지 않고 있을 때였다.

모든 사람들이 너무도 기쁘고 놀라운 나머지 두 명의 영국 용들이 아직은 죽지 않았다는 것을 잠시 잊었다. 다음날 토요일 플레이오프가 남아있다는 사실을.

골프클럽 건너편에 사는 시골소년이 역사상 가장 훌륭한 골퍼인 바든과 최고의 장타자인 테드와 어떻게 동타를 이룰 수 있었을까? 이것은 전형적인 미국의 발전이었으며, 한 마디로 대단한 일이었다. 토요일 이전만 해도, 미국의 스포츠 편집장들은 골프를 '대중들에게 결과가 중요한 스포츠'라기 보다는 '부자들의 유쾌한 오락'으로 간주해 왔다. 그날은 모든 신문들이 일면 톱으로 다루기 위해 분주했다.

위멧의 승리는 요행이 아니었다. 마지막 라운드에서 플레이오프를 엮어냈으며, 다음날 플레이오프에서는 72타를 쳐서 해리 바든과 테드 레이를 각각 5타, 6타 차이로 대패시킴으로써 미국 골프 역사의 중요한 이정표를 세웠다.

그의 승리는 브루클린에서 그치지 않고 미국 전역을 흔들었다. 위멧은 국가적인 스포츠 영웅이 되었으며 미국인들로 하여금 골프를 새로이

인식하게 만들었다. 1913년만 해도 골프는 부자들, 노인들, 영국 태생 사람들의 전유물이자 오락으로 여겨졌으나 그 날 이후로는 젊은이들 모두 골프게임에 대해 생각하기 시작했다.

"나보다 나이가 어린 캐디 출신이 이런 일을 냈다면 골프는 특정한 사람의 전유물은 아닐 것이다."

그렇게 위멧의 승리는 골프를 대중화시켰다. 그것에 대한 저주를 풀었다. 당시 전혀 골프에 관심이 없었던 대중들도 신문 1면 톱에 실린 기사를 보고 골프채를 잡기 시작하여 당시 35만 명에 불과하던 골퍼가 10년 후 2백만 명으로 늘었다.

위멧의 승리는 또한 당시에는 전혀 알지 못했던 것에까지 미쳤다. 그의 승리는 아틀랜타의 바비 존스라는 11살 소년에게 커다란 감동을 주었으며 그 파장은 이제 막 태어난 텍사스의 벤 호건, 바이런 넬슨, 버지니아의 샘 스니드 가족은 물론 아직 태어나지 않은 아놀드 파머나 잭 니클라우스에게도 이어졌다.

2012 US 여자 오픈

US 여자 오픈이 하루 앞으로 다가왔다. 이번에는 14년 전 박세리가 우승했던 골프장에서 다시 열린다고 한다. 인터넷을 뒤져보니 우리나라 선수들이 쟁쟁하다. 작년 챔프 유소연이 타이틀 방어에 나서고 지난해 연장 패배한 서희경은 설욕을 다짐하고 역대 챔프들이었던 세리, 김주연(2005년), 박인비(2008년), 지은희(2009년)가 출전한다. 대만의 청야니는 우승을 해보지 못한 마지막 메이저컵을 품기 위해 출사표를 던졌고 최근 상승세인 중국의 펑샨샨, 일본의 미야자토 아이(아칸소 챔피언쉽 우승) 등이 한중일 자존심 대결을 벌인다고 한다. 그 와중에 안방을 지키려는 미국 선수들 폴라 크리머, 크리스티 커, 스테이시 루이스 등이 버티고 있다.

한편 1998년 박세리의 우승은 너무나 드라마틱했다. 4라운드 72홀을 마치니 아마추어인 태국계 미국 선수 제니 추아시리폰과 동타를 이루었다. 그것도 제니가 마지막 18번 홀 9m짜리 내리막 퍼팅을 성공시키는 이변을 연출하면서 극적인 장면을 연출했던 것이었다. 그런데 공동 우승한 두 아가씨들의 스코어가 지금으로서는 좀 이해가 되지 않는다. 아무리 어려운 코스라고 하지만 6오버파 290타였다고 한다.

다음날 연장 18홀. 아마추어와 프로의 대결. 예전 위멧의 이야기가 살짝 겹쳐 지나간다. 경기 초반 예상을 뒤엎고 제니가 5번 홀까지 버디 3개를 낚으며 4타차 리드. 역시 코스가 어렵긴 어려운 모양이었던지 제니가 6번 홀에서 볼 잃어버리며 트리플 보기. 전반을 마치고 보니 2타차로 제니가 리드. 후반에 14번 홀까지 세리가 버디 3개를 건지며 1타차 역전 리드. 이후 15번 홀에서 보기를 하면서 다시 동타. 엎치락뒤치락 참 재미있었던 경기였겠다 싶다. 이런 경기를 생중계로 봤어야 했는데 말이다. 16번과 17번 홀 함께 파.

마지막 18번 홀. 여기서 그 유명한 맨발 투혼이 나오고 양말 벗은 하얀 발목이 등장했다. 티샷이 미스가 났지만 워터 해저드에 빠지지 않은 것이 다행이었고 벌타 먹지 않고 쳐 내기로 한 선택이 탁월했던 것 같았는데 삐딱한 러프에서 그것도 발을 물에 담근 자세에서의 트러블 샷. 이 장면을 우승을 예감하며 여유부리며 지켜보던 제니. 이 모든 것이 한 편의 각본 없는 드라마라고 할 수 있겠다. 이 홀에서 보기를 했지만 제니도 함께 보기. 90홀을 돌았지만 무승부. 경기는 바로 서든 데스로 이어졌다. 2번째 홀에서 세리가 5m 버디 퍼팅을 성공시키면서 92홀 대장정을 마무리했고 US 여자오픈 최연소 우승과 함께 메이저 2연승을 기록하며 세상의 이목을 집중시켰다.

이 정도의 감동이 깔려 있으니 올해의 US Open을 놓칠 수가 없게 되었다. 목숨 각오하며 골프채널 확보한 후라 무슨 일이 있어도 주말에는 위스콘신의 블랙울프런 골프장에서 눈을 떼지 못할 것 같다.

첫날 아침에 일어나서 TV를 보니 1라운드 빨리 마치는 선수들은 마지막 홀에 이르렀고 대부분은 후반전 진행 중이다. 대략 훑어보니 박세리와 미셸 위 등은 Even을 기록 중이고 각각 다른 홀에서 세컨샷을 준비 중인 크리스티 커와 최나연을 번갈아 보여주면서 3언더로 공동 1위라고 나와 있다. 크리스티는 마지막 홀인 것 같은데 세컨샷을 2m 이내로 붙이고 나연은 전반 진행 중인 걸로 보이고 홀에서 10m쯤 떨어지게 좀 허접하게 어프로치를 해 놓는다. 그 다음 나연의 롱퍼팅도 그린 라이가 애매했는지 프로답지 않게 홀에서 무려 1m 이상 남겨두게 된다. 화면은 크리스티의 버디 퍼팅. 장판처럼 매끈한 그린 위를 2m쯤 미끄러지던 볼은 왼쪽으로 약간 라이를 먹었지만 홀 귀퉁이에 걸려 기우뚱하면서 우회전하다가 이제야 홀로 들어가는구나 싶었는데 다시 반 바퀴쯤 더 돌더니 속도를 내어서 유턴해서 홀컵을 돌아나온다. 둘 다 파이겠거니 생각하면서 출근을 서둘렀다. 나중에 보니 크리스티는 3언더 1위 상태로 1라운드 마감하고 2위에 최나연과 박희영이 이름을 올리고 있다. 사실 출근해서 현실로 돌아가면 골프는 잊어진다.

US 여자 오픈은 점점 재미있어지고 3라운드부터는 기분까지 좋아진다. 프로들이 파플레이하기도 힘들다는 악마의 코스에서 최나연이 초절정 감각으로 7언더를 몰아치면서 사실상 승부가 결정 난 것이나 다름없었기 때문이다. 안타깝게도 3라운드 라이브 경기 장면은 새벽 이른 시간이라 보지는 못했고 아침 이후에는 리플레이 장면 몇 개 정도가 다였다. 최나연의 초절정 감각 플레이를 생방송으로 지켜보지 못한 것이 안타깝다.

마지막 라운드에서도 위기다운 위기조차 없었다는데 그나마 조금 흔들렸던 순간들이라고 한다면 후반전 어느 홀에서 티샷 오비를 내고 4타 째 친 것이 헤비 러프였고 잘 빠져 나오지도 못해서 결국 트리플 보기. 이때 2위를 달리던 양희영과 2타 차이로 좁혀졌다고 하는데 그래도 나연은 흔들리지 않고 다음 홀에서 바로 버디를 낚으며 우승자로서의 멘탈 극복 능력을 증명했다. 또 한 번은 파쓰리 아이언 티샷이었던가, 볼이 해저드를 분리해 놓은 돌에 맞아서 안쪽으로 튕겨 나온 장면이었는데 역시 우승자에겐 행운까지 함께 했던 모양이었다.

우승 인터뷰 때 아나운서가 14년 전의 세리가 준 감동을 되새겨준다. 오래전 박세리가 우승할 때 나연이는 9살이었을 텐데 그 때부터 LPGA 메이저 우승을 꿈꿔왔다는 것이다. 나연이는 고개를 끄덕이며 세리에게 고맙다고 말하는 것 같았다. 영어를 아주 잘한다. 요즘은 영어를 제대로 못하면 (L)PGA 경기에는 나가지도 못한다고 한다.

최나연의 스윙은 부드러움이라고 정의하고 싶은데 진정으로 힘 빼고 치는 게 뭔지를 보여주는 스윙이다. 맥없이 치는 것 같은데 거리가 다 나오는 걸 보니 힘을 빼고 친다는 게 얼마나 중요한지 알 수 있다.

요즘 맥길로이의 파워풀한 스윙이 너무 마음에 들어서 흉내를 내고 있지만 이번 최나연이 우승하면서 힘 빼는 스윙에 대한 확신이 서는 것 같다. 백돌이는 늘상 오락가락한다.

5부_ 벤치마킹:

보기 플레이어를 꿈꾸며

보기 플레이의 평균 스코어는 85개에서 94개 사이이다. 물론 이러한 성적이 평소의 라운딩 횟수 중에서 70% 이상은 기록되어야 할 것이다. 백돌이가 보기 스코어를 기록하는 횟수를 연중행사쯤으로 본다면 보기 플레이어가 싱글 스코어를 기록하기는 그보다 훨씬 힘들다는 것이 경험론이다.

백돌이의 변하지 않는 오래된 꿈은 보기 플레이어이다. 싱글까지 가는 여정이 험난하겠지만 한걸음씩 올라갈 수밖에 없다. 한 단계 성숙을 위한 변화를 모색하는 취지에서 실제의 보기 플레이어 일상을 들여다보기로 하자.

지금 소개하려는 보기 플레이어는 경력 9년이 넘어가는 중견 선수이다. 나의 골프 입문을 강력히 권유했었고 그 후로도 골프 기술에 있어서 계속 한 수 앞서가면서 조언을 아끼지 않고 있다. 현재까지 싱글 스코어 플레이는 딱 한 번(79개) 기록했을 뿐이지만 이 한 번만으로도 스스로 싱글이라고 자처하기도 한다. '한 번 싱글은 영원한 싱글'이라고 주장하면서. 이 분은 내가 아는 분들 중 가장 확실한 실력을 가지신 보기 플레이어이다. 마음가짐과 골프에 대한 열정 그리고 스코어까지 분명하다는 이야기이다.

본 플레이어는 싱가포르에 거주하고 있으므로 쉽게 취재를 할 수 없었다. 그래서 그동안의 경험과 실전에 대한 자전 중계를 부탁했다. 각색을 최대한 줄이고 있는 그대로의 모습을 보여 달라고 특별주문까지 요청했다. 보기(Bogey)의 이니셜을 따서 B프로라고 해두자. 지금부터 B프로의 생생한 목소리로 싱가포르 보기 플레이를 감상해보도록 하자.

공포에 질려서 바들바들

토요일 아침에는 유난히 일찍 일어났다. 막내 아이가 학교 수업에 늦는 바람에 급하게 택시를 타고 학교에 내려주었다. 오는 길에 잠시 사무실에 들러서 미루어두었던 급한 일을 처리하고 다시 집으로 와서 점심을 먹었다. 주말 오전이 이렇게 바쁘기는 오랜만이다.

황금 같은 토요일 오전을 보내고 나니 너무 억울하다 싶어서 골프가방 둘러메고 연습장으로 향한다. 택시비 15달러가 날아가는 순간이었다. 필드가 펼쳐진 연습 레인지에서 9달러치 공 150개를 뽑는다. 그동안 게을렀던 탓으로 한 달 가까이 햇빛을 보지 못했던 아이언들을 캐디백에서 꺼내서 휘둘러보기 시작한다. 역시 오래 쉬었더니 어드레스부터 어색하기 짝이 없다.

간신히 56도의 샷이 원래 세팅으로 돌아오고 다시 9번 아이언을 꺼내든다. 볼이 좌우 10도 정도로 왔다 갔다 한다. 젠장. 9번은 거의 깃발 근처에 떨어져야 하는데 어림없게도 계속 좌우탄이 난다. 조바심이 나는 순간 열대의 햇살을 직격으로 받은 땅으로부터 엄청난 지열이 훅 하고 올라오는 걸 느낀다. 이 많은 공을 언제 다 치나 싶어진다. 그냥 집에서 쉴 걸 한숨이 나온다.

꾸역꾸역 치다가 공 몇 개가 제대로 날아간 걸 위안삼아 다시 7번에 도전해본다. 역시 7번도 제대로 맞지 않는다. 거리도 130m 정도밖에 나가지 않고 버터를 자르는 듯한 손맛을 도저히 느낄 수 없다. 한 스무 개 정도를 치고 나니 예전의 느낌이 조금 돌아오는 것 같다. '내일 다시 연습할거니까' 스스로 위안을 하면서 다시 5번을 꺼낸다. 어라, 5번은 의외로 잘 맞는다. 거리도 165m 정도는 나오는 것 같고 대충 다섯 개 중 서너 개는 온그린은 하겠다 싶다. 제주도 온들이겠지만 그래도 한두 개 정도는 원펏도 노려 볼 만하게 떨어진다.

참 신기하다 싶을 정도로 컨디션이 돌아온다. 이제 몸이 풀렸나 싶기도 한데 피곤이 몰려온다. 공은 아직 엄청나게 남아 있고 지치기도 해서 잠시 쉬었다가 재개할 요량으로 주위를 둘러본다. 어라 저쪽에 키 큰 서양 할아버지가 제법 스윙이 좋다. 큰 키에 시원시원하고 힘 있는 스윙이 연륜에 비교되어 참 보기 좋다. 다시 투지가 솟아오른다.

이번에는 드라이버를 꺼내본다. 지난 해 와이프와의 라운딩에서 최고 310야드를 날려주었던 고마운 드라이버이다. 3년이 다 되어 가는 중고 드라이버지만 최근에 무려 160불이나 주고 샤프트를 65g짜리로 바꾸고 나서 정확도가 많이 좋아 진 듬직한 녀석이다. 오른쪽 약지에 벌써 물집이 잡혀서 쓰라렸지만 역시 드라이버는 훌륭하게 공을 날려 보내준다.

이런 분위기로 필드에 나가면 적어도 오비는 하나도 없을 것 같다. 고질적인 잡아당기는 스윙만 조심한다면 전혀 불만이 없는 드라이버샷이다.

아직도 공은 많이 남았고 무거운 드라이버로 무더운 날씨에 씨름을 했더니 벌써 몸이 천근만근이 되었다. 남은 공은 다시 60도로 칩핑 연습이나 하면서 몸을 풀고는 집으로 돌아왔다. 오는 길 택시비 역시 15달러이다. 그러니까 교통비로 30달러를 지불하고 9달러치 공을 치고 온 셈이다. 젠장. 차타고 마음대로 돌아다녔던 한국이 너무 그리워진다.

남은 오후를 집에서 뭉갤 것인가 고민하다가 이국에서 주말을 이렇게 보내면 안 된다 싶어서 큰아들 녀석을 데리고 'Macrich Reservoir Park'으로 하이킹을 간다. 여기는 호수가 있고 주변으로 열대우림이 우거져 있는데 그 사이로 트래킹 코스가 여러 개 나 있는 영화 속에 나올법한 환상적인 곳이다. 호수에는 젊은 친구들이 카누를 즐기고 있고 트래킹 코스 위에는 달리는 사람 걷는 사람들이 열심히 운동하고 있다. 곳곳에서 악어만한 도마뱀과 온갖 새들 심지어 야생 원숭이도 만날 수 있는 마치 아바타의 동굴 같은 아름다운 숲이다. 이번에 만난 원숭이 가족들은 동영상으로 찍어서 막내 딸아이에게 보여주어야겠다. 아름다운 숲속을 한 시간 넘게 걷고 나니 몸은 더 무거워지지만 마음은 가뿐하고 상쾌해서 날아갈 것 같다.

돌아오는 길에 휴대폰으로 문자가 온다. 최근 새로 구한 집을 소개해 준 한국인 부동산 사장의 메시지이다. 내일 일요일에 골프 한 번 하자고 한다. 기분도 상쾌한 마당에 당연히 GO! 집사람들과 함께 플레이하자고 한다. 우리 집사람은 초보라 걱정이라고 했더니, 자기도 못 치고 그의 와이프도 입문한 지 얼마 되지 않았다고 한다. 여자 분들끼리는 개인적으로 친한 사이라 자주 얼굴 보며 지낸다고 한다. 이국땅에서 한국인 지인의 라운딩 제안을 거절하면서까지 지내야 할 까닭은 전혀 없다.

새벽에 일어나야 하므로 와이프와 둘이서 공이며 골프화며 옷이며 여권이며 (말레이시아로 갈 거니까) 이것저것 미리 챙기고 나니 벌써 1시가 넘었다. 이런. 새벽 4시 반에 일어나야 하는데 밤늦게 맥주까지 마셨으니 큰일이다. 몇 시간 못 자고 일어나서 공치러 가야 할 판이다.

오랜만에 라운딩 간다는 생각에 들떠서 잠이 잘 오지 않는다. 마눌님이 잘 처주어야 할 텐데. 뒤 팀이 쫓아와서 빨리 가자고 채근하면 어떡하지? 여자 분들을 어떻게 돌봐야 하나? 캐디는 있을까? 차라리 캐디에게 다 맡겨 버릴까? 온갖 걱정을 하다가 간신이 잠이 들었나 싶었는데 벌써 알람이 울린다.

벌떡 일어나서(출근할 때와는 완전히 다른 기상 패턴이다) 간단히 샤워하고 옷 입고 나니 그 분의 차가 아파트에 도착했다고 전화가 온다. 이 분은 부동산(Real Asset)의 이니셜을 따서 R사장이라고 지칭해두자. 인사하고 가방 싣고 가볍게 출발한다. 'Check Point'에서 출국하고 다시 말레이시아에 입국. 다행히 이른 아침이라 차가 막히지 않고 골프장 입구까지 수월하게 왔다. 입구의 허름한 로컬 식당에서 커피에 파스타와 커리로 아침을 먹는다. 옆 테이블에도 골퍼들 몇 팀이 식사를 하고 있다.

- 장소: 말레이시아 조호바루 Palm Resort클럽. 18홀 파72
- 코스 특징: 깊은 나무숲이 인상적이며 코스 관리는 중상급
- Tee-off Time: 06:27
- 동반자: R사장(Real Asset) 부부

새벽 신선한 바람에 커피를 마시면서 이국의 아침을 즐기는 기분이 탁월하다. 게다가 잠시 후면 즐거운 라운딩이 기다리고 있고. 최고의 아침이라 할 만 하다. 그런데 다들 커리는 못 먹는다. 나만 커리 한 접시를 다 비우고 집사람이 먹다 남긴 파스타까지 해치운다. 역시 아직까지 나의 식욕은 왕성하다.

골프장은 프라이빗이고 오래된 곳이라 열대나무들로 우거져있다. 한국에서는 상상도 할 수 없는 적도의 밀림 분위기이다. 각 커플이 카트 하나씩 타긴 했는데 불행하게도 여기는 캐디가 없다. 무더운 날씨에 어지간히 걱정이 된다.

R사장이 싱글도 한 번 했었다고 하길래 블루티에서 칠까 하다가 요즘은 잘 못 친다면서 화이트에서 치자고 꼬리를 내린다. 뭐 어디서 치던 그게 무슨 상관이겠는가?

첫 티샷은 내가 먼저. 가볍게 친다는 게 살짝 훅이 나서(나는 그래도 좀 심한 드로우가 아닐까 싶다) 왼쪽 러프 근처로 날아간다. R사장은 힘차게 드라이버로 똑바로 보내고 있다. 으잉. '이 양반 한 칼 하는 양반이네.' 긴장감이 밀려온다. 레이디 티박스로 이동해서 우리 집사람 먼저 티샷. 잘못 맞아서 오른 쪽 도랑으로 직행. 휴, 평소에 연습 좀 시켜놓을 걸 싶었다.

오늘 망신당하는 거 아닌가 하는 걱정이 든다. R사장 와이프도 초보 폼으로 잘 맞지는 않았지만 그래도 앞으로는 나간다. 멀리건 받은 우리 와이프는 또 쪼로가 나서 앞쪽 도랑으로 들어간다. 순식간에 공 2개를 티샷으로 잃어버리고 의기소침해 하는 와이프가 너무 안쓰럽다.

천만다행으로 오늘은 카트를 타고 페어웨이 안으로 들어 갈수 있단다. 걷지 않아도 되니 그만큼 수월하게 라운딩을 할 수 있을 것 같다. 여성 분들 먼저 세컨샷. 다들 헤맨다. 각각 두 번씩 친 다음에야 겨우 남자들 공이 있는 곳으로 전진할 수 있었다. 오늘 고생 좀 하겠다 싶어진다. R사장의 드라이버가 잘 맞았는데, 나보다 거리가 한참 짧다. 내 거리를 보고 이 분이 놀란다. 당연합니다. 310야드도 친다니까요!

100m 조금 더 남은 약간 내리막이다. 고민하다가 피칭 웨지로 가볍게 치기로 한다. 그러나 젠장. 역시 골프는 가볍게 힘 빼고 쳐야 되는 모양이다. 아주 그림같이 너무나 강하게 잘 맞아서 그린을 오버하고 만다. 그동안 갈고 닦은 쇼트게임을 써 먹을 때가 왔다. 칩샷이 홀 근처를 지나서 2m 정도를 남겨두고 멈춘다. 그린은 아주 관리가 잘되었지만 잔디가 좀 길다는 느낌이다. 아니나 다를까, 전혀 라이를 먹지 않고 홀 미스. 보기로 첫 홀을 마무리한다. 그런데 우리 집사람은 첫 홀에만 한 10타 정도 친 것 같다. R사장도 칩샷 미스로 더블. 그 분의 와이프도 대충 집사람과 같은 수준.

두 번째 홀부터는 드라이버가 제대로 드로우가 걸리면서 거리도 늘어나고 있다. 문제는 아이언과 퍼팅이다. 아이언은 딱히 이렇다 할 실수는 없지만 거리가 맞지 않던지 에임이 잘못 되던지 오락가락한다. 어쩌다 그런에 올린 공도 원펏이 거의 불가능하게 먼 거리이다. 계속 보기 파, 보기 파. 집사람은 4번째 홀부터 조금 나아지기 시작한다. 재미있어 하는 것 같아서 덩달아 나도 즐거워진다.

그럭저럭 전반을 마치고 나니 여자 분들이 모두 재미있어진다고 한다. 열기도 점점 뜨거워지고 나만 조금 힘에 부치는 형국이다. 날씨도 후덥지근하고 손가락도 약간 부었다. 어제 연습하다 물집 잡힌 손가락이 너무 아파온다. 골프할 때만 18가지 핑계를 들이댄다더니 오늘 핑계거리 제대로 만들고 있는 게 아닌가 싶다.

후반 들어 한 홀 건너 하나씩 드라이버 미스가 난다. 오비가 나는 건 아닌데 잘못 맞아서 나무 바로 뒤로 간다던지 페어웨이 벙커에 빠진다던지 한다. 페어웨이 벙크는 정말 싫다. 옛날에는 페어웨이 벙크에서도 곧잘 쳤었는데 이젠 겨우 탈출이나 하고 있다. 퍼팅은 아직도 감을 못 잡은 상태이고.

집사람은 후반에 들어서 감을 잡는 듯하다. 애용하는 7번 유틸리티와 7번 아이언이 제법 잘 맞아서 공을 곧잘 띄운다. 아일랜드 파 쓰리가 나왔다. 거리 138m. 8번으로 가볍게 친 내 공이 맞바람에 밀려서 겨우 플랜지에 걸린다. R사장의 공은 오른쪽 벙크로 들어가고 여성분들은 공포에 질려서 바들바들 거리고 있다. 가장 못생긴 공으로 치라고 조언하면서 집사람에게는 7번 유틸리티를 잡으라고 했다.

레이디티에서 겨우 105m인데도 드라이버를 꺼내려고 한다. 겨우 달래서 7번 유틸로 치는데 아뿔싸, 방책 윗부분을 맞고 물에 빠져버린다. 이걸 보고 있던 또 한 분의 여성은 더욱 공포에 질렸다. 집사람은 다시 의기소침해진다. 잘 쳤는데 운이 없었다고 위로해준다. R사장 사모님은 드라이버로 친 공을 물에 빠뜨렸다. 자기가 물에 빠지는 것도 아닌데 엄청 무서워하는 여자 분들이 우습기도 하고 안쓰럽기도 하다. 그렇지만 집사람도 그의 와이프도 이 와중에 은근히 즐거워하고 있다.

다행스럽게도 아무 탈 없이 18 홀을 모두 마쳤다. 후반 들어 날씨도 좀 나아져서 바람이 살랑거리면서 구름까지 끼어서 너무 덥지 않고 아주 쾌적한 조건에서 라운딩을 끝낼 수 있었다. 여성분들 챙기느라 남자들의 골프는 그다지 인상적이지 못했다. 봉사하는 마음으로 우리의 라운딩을 접어두었던 것이다. R사장은 91개, 나는 87개를 기록하였다.

집사람은 지난번에 나와 둘이서 칠 때는 너무 피곤했었는데 오늘은 그렇게 힘들지 않았다면서 이제 골프 치는 재미를 좀 알겠다고 한다. 장족의 발전이 아닐 수 없다.

점심을 먹고 난 후 집에 도착했는데 온몸이 천근만근이다. 집사람은 조금 전 별로 힘들지 않았다는 말을 무색하게 남겨두고는 거의 쓰러지다시피 침대에 눕는다. 실제로는 엄청나게 힘들었나 보다.

칼로 버터를 자르는 느낌

일상의 한 가지 변화는 술을 거의 마시지 않게 되었다는 것이다. 여기 동료들은 회식을 해도 술을 많이 먹지 않는다. 모임 자체도 별로 없다. 그래서 가끔 집에서 맥주 한두 캔 마시는 게 음주의 대부분이다. 좋아진 것인지 나빠진 것인지 분간이 가지 않는다. 이런 분위기라면 골프 연습이라도 더 자주 해야 하는데 자가용도 없이 평일 저녁 바쁜 시간대에 그럴 수 있는 여건이 되지 않는다.

라운딩도 이런 저런 사정으로 나가보지를 못하고 일요일에 연습만 하러 다닌다. 얼마나 연습을 열심히 했으면 7번 아이언이 160m가 나간다. 한국인 티칭프로를 한 명 알고 지내는데 이 양반이 나 보고 300 달러짜리 스틸 샤프트로 바꾸라고 한다. 이건 거의 투어 프로들이나 치는 건데 바꾸게 되면 거리는 약 10m 줄어들지만 똑바로 나갈 거라고 조언한다. 바람만 잔뜩 들어 가지고 큰일이다. 필드 나가면 아직도 100개 치는데.

아이언 클럽의 샤프트를 교환하러 샵에 들렀다. 엄청나게 비싸다. 그런데 샵에 염가 세일하는 미즈노 MP-68 머슬백 아이언이 보여서 가격표를 살펴보니 샤프트 바꾸는 값밖에 되지 않는 것이다. 그래서 바로 질러버렸다. 와이프 알게 되면 엄청 깨질 텐데 큰일이다. 그래도 머슬백이 얼마나 잘 빠졌는지 마치 잘 벼려놓은 일본도(日本刀) 같다.

주말에 쳐봤는데 타구감이 예술이다. 공도 정확하게 내보내준다. 잘 바꾼 것 같다. 빨리 필드 한 번 나가 보고 싶다. 안타깝게도 요즘 뜸한 사이에 고정 멤버들이 흩어져버려서 기회가 없다.

혼자서 몇 주를 계속 연습하다가 싫증이 나기 시작해서 분위기 쇄신 겸 골프 레슨을 시작했다. 그동안 문제가 많았던 아이언 샷을 다듬기 위해서이다. 티칭프로는 조금 전 언급했던 한국 사람이고 나이는 30대 후반이나 40대 초반 정도 되었는데 성실하고 실력도 있는 멋있는 사람이다.

사실은 지난해에도 레슨을 받다가 최근에 게을러져서 좀 쉬었다가 요즘 다시 의지를 불태우고 있는 것이다. 나 같이 좀 친다고(?) 자부하는 사람들은 레슨을 잘 받으려고 하지 않는다. 그 이유가 티칭프로가 하는 코칭이 자기 생각과 다르고(대부분 배우는 사람이 잘못 알고 있다) 처음부터 다시 시작하는 것 같은 기분이 들고(이것도 본인이 잘못된 습관이나 자세를 가지고 있으니 어쩔 수 없는 일이지만) 레슨의 효과가 금방 나타나지 않고 어쩌면 당장의 스코어는 더 나빠지는 것 같은 느낌(당연히 자세 교정 중일 때는 더 점수가 안 날 수도 있다) 등이 있을 것 같다. 그러나 생각을 바꾸면, 조금 돌아서 가는 한이 있더라도 그동안 망가진 스윙을 교정한다는 면에서 나는 레슨이 필수라고 생각한다. 프로들도 가끔씩 레슨을 받지 않는가?

그래서 마음을 비우고 하나씩 교정하고 있는데 나 같은 경우는 임팩트에 너무 치중하다 보니 오른팔도 많이 쓰고 몸통 회전과 팔의 스윙이 조화를 이루지 못하고 항상 팔로 치려고 하고, 왼팔을 뻗어주지 못하고 기타 등등. 아무튼 하나하나 초심으로 돌아가서 열심히 배우고 있다. 일주일에 한 번씩 한 번에 2시간, 1시간은 레인지에서 아이언이나 드라이버의 스윙에 대한 레슨을 받고 나머지 1시간은 연습 그린에서 칩핑과 퍼팅을 비롯한 쇼트게임 코칭을 해준다. 특히 쇼트게임은 티칭프로들이 거의 가르치지 않는 종목인데 이 분은 자세하고도 강도 높은 훈련을 시켜주니까 요즘은 그린 주변에 떨어진 공은 전혀 부담이 없을 정도이다.

레슨은 10명이 그룹으로 같이 등록되어 있는데 항상 3~4명만 참가한다. 최근에는 쇼트게임 연습하면서 약 20분 정도는 내기를 하는데 그린 밖의 공을 칩샷으로 올려서 퍼팅으로 홀에 넣는 게임이다. 다섯 번을 해서 두 번에 넣으면 버디(실전에서는 파가 되겠다), 세 번은 파 이런 식으로 점수를 매겨서 꼴찌가 음료수를 산다. 공의 위치는 꼴찌가 정한다. 이게 은근히 스릴 있고 재미가 있다.

미즈노 MP-68 아이언에 Project 5.5 샤프트를 끼운 클럽을 새로 장만한 것도 레슨을 시작하면서부터이다. 이 클럽은 로우 싱글이나 언더 치는 고수들 용인데 피드백이 좋아서 연습하는 데 그만이다. 잘 맞으면 손으로 전해지는 느낌 일명 손맛이 마치 '달구어진 나이프로 버터를 자르는 듯한 느낌이 난다. 물론 이 표현은 어느 칼럼에서 본 것인데 실제로도 와 닿는 표현이다. 너무나 가볍고 깔끔한 느낌이 난다.

거기에다 Project X5.5샤프트가 좀 무거운 건데, 정확도가 탁월하다. 즉 맞은 대로 공을 날려준다는 것이다. 그래서 나의 스윙이 완벽하면 공도 완벽하게 날아가고 조금이라도 잘못된 것이 있으면 공 맞는 순간에 손으로 잘못 맞았다는 느낌이 그대로 전해진다.

소리도 잘 맞은 샷과는 확연히 다르게 나며 소리가 예쁘지 않으면 당연히 공도 원하는 방향으로 날아가지 않는다. 이걸로 연습한 지 거의 반년이 되어 가는데 잘 맞았을 때의 그 느낌이 너무 좋고 4번 아이언으로도 그린에 공이 떨어져서 3m 이내에서 멈춘다는 느낌이다. 7번까지는 거의 그 자리에 멈춘다. 7번 아이언의 거리가 135m 정도 나오는데 그 전에 사용하던 클럽보다는 적게 나와서 좀 불만이긴 하지만 샷을 만들어 가는 과정이니 인내를 가지고 연습하고 있다.

물론 필드에서는 거리에 대해서 별로 불편한 건 모른다. 사실 새로운 클럽은 필드에는 아직 부담스러울 것 같아서 예전 클럽을 가져가려고 하지만 어차피 지금 아니면 더 나이 들어서는 쓰고 싶어도 못 쓰는 클럽이라는 생각에 어렵지만 이걸 가지고 다니려고 마음먹는다. 그래서 마음은 늘 언더를 치는 것 같이 뿌듯하다. 지금은 말도 안 되게 어려운 클럽으로 고생하고 있지만 고생한 만큼 좋은 결과가 있으리라 믿는다. 암 믿고말고.

레슨 중반기에는 코칭 프로의 가르침을 그대로 따르다 보니 정말 그림 같은 샷이 나왔는데 요즘 다시 슬럼프가 찾아왔다. 코치의 말로는 금방 좋아지게 될 테니 걱정하지 말라고 하지만 그래도 좀 초조해지는 기분이다. 그렇게 소원이던 싱글의 목표를 달성하고(딱 한 번밖에 없었지만) 나니 이제는 더 욕심이 생긴다. 여기서는 주말에 특별하게 해야 할 일도 없어서 계속 레슨 받으면서 샷을 다듬어보려고 한다. 아직까지는 근력이나 유연성이 좋다고 하니 충분히 발전하리라 본다. 사실 나름대로는 많은 발전이 있었다고 내 멋대로 평가하고 있다.

특히 쇼트게임 연습을 옛날보다 많이 하고 있으니 곧 안정적인 싱글이 될 거라 믿는다. 그리고 내년 후반쯤에는 언더도 한 두 번 칠 것 같다. 꿈이 너무 야무진 것일까?

이곳에 오기 전 한국에서는 저녁에 시간만 되면 자동차로 뽀로로 연습장 가서 몇 개씩 연습볼을 치고 왔었는데 여기서는 캐디백 매고 택시 정류장까지 7분 거리에 택시 요금 왕복 3만 원 들여서 연습장 가는 게 쉬운 일이 아니다. 주말에 한 번 가는 것도 거의 반나절 이상 까먹게 되니 대단한 행사라 해도 과언이 아니다. 싱글의 목표가 있고 언더의 꿈이 있으니 그까짓 돈과 시간과 노력이 대수일까 싶다. 내 꿈은 언더이다! 새로운 다짐을 하니 불쑥 힘이 솟는다.

지난 토요일에는 집사람과 함께 골프 연습장에 갔었는데 팔로만 공을 치려고 하는 집사람의 스윙을 어느 정도 고쳐주었다. 팔로만 치다 보니 스윙이 완전히 아웃인으로 되어서 몸은 오른쪽을 보고 있지만 공은 왼쪽으로 가게 되는데 와이프는 그게 맞는 에임이라고 생각하고 있었다고 한다.

물론 지난번 라운딩을 돌 때 에임에 대해서 그리고 스윙에 대해서 이야기하고 바로 교정해주려고 했지만 라운딩 중에 그걸 잡는다는 게 쉬운 일이 아니거니와 집사람 입장에서는 내가 자꾸 간섭하는 걸로 느껴지게 되어 가뜩이나 공이 맘대로 안 맞아 주는데 나까지 괴롭히는 형국이 되었던 거였다. 그동안 연습장을 안 갔었던 내가 잘못한 것 같다. 와이프는 그래도 연습공 300개 정도를 클럽 번갈아 가면서 쳤는데, 나중에는 제법 공도 뜨고, 거리도 나고 한다.

나는 항상 몸보다 팔이 먼저 내려오는 버릇이 있는데 그러다 보니 팔이 몸통 회전과 따로 놀게 되고 공에 힘도 적게 실리게 된다. 또 임팩트 이후에 팔을 앞으로 미는 버릇도 있어서 이 부분들을 신경써보았다. 그래서 이번 토요일에는 팔을 천천히 내리는 대신 몸통 회전을 더 빨리 해보았다. 마치 타이거 우즈나 로리 맥킬로이 같이 말이다. 그랬더니 기가 막히게 잘 맞아 들어간다. 7번까지는 환상적으로 맞고 거리도 연습공으로 140m를 보냈으니 아마도 실제로는 150m는 충분히 나올 것이고 5번도 150~160m까지 나온다. 가끔씩 오른쪽으로 밀리는 샷이 생기긴 했지만 대부분은 똑바로 날아간다. 드디어 '도를 깨쳤구나' 하는 생각이 들었다.

그리고는 다음날 일요일 레슨을 받는데, 어째 자고 일어나서부터 몸이 뻑적지근한 것이 영 몸이 풀리지가 않는 것이다. 약 10분쯤 힘 빼고 퍼덕거리고 나니 몸이 좀 이완되는 것 같다. 티칭프로가 늘 강조하는 몸통과 조화롭게 회전하는 팔 동작에 집중했는데 9번은 기가 막히게 맞지만 7번은 좀 버벅거리는 모양새다.

토요일에 터득한 몸통 빨리 돌리기를 실천해보니 티칭프로가 대번 알아채고는 그렇게 하면 안 된다고 한다. 지금은 공이 좀 잘 나가는 것 같지만 더 이상 발전이 없다는 것이다. 가르쳐 준 스윙 템포가 딱 이상적인 수준이고 이게 몸에 익으면 스윙이 훨씬 부드럽고 정확하고 힘도 적게 들면서 거리가 더 난다는 것이다. 이거야 원. 당장은 좀 답답했지만 장래를 위해서 티칭프로의 가르침을 따르기로 했다. 언더를 치기 위해서는 현재의 어려움이나 답답함은 얼마든지 견딜 수 있으니까.

오늘 저녁에도 집사람과 함께 연습하러 가기로 했다. 부부간에 연습모드에 돌입한 것이다. 새로운 걸 터득하기보다는 배운 걸 익힌다는 생각으로 연습에 임하기로 했다. 아마추어가 터득한 건 한 번쯤 검증이 필요하다. '후루꾸'일 위험성이 많은데다가 혹시 무협지에 나오는 사파(蛇巴)의 암수(暗數)이거나 자칫 주화입마(走火入魔)에 빠질 우려가 있지 않을까?

매 샷을 긴장 속에서

와이프 지인으로부터 토요일에 공치러 가자는 제안이 들어왔다. 당연히 콜이다. 콜일 수밖에 없는 게 2주 전에 이 집에서 콜이 왔었는데 당일 아침에 출발하자는 급 제안이었던 것이다. 애들 때문에 급출발은 안 된다고 해서 무산되었으니 이번에는 꼭 가야 한다는 것이다.

사실 이 사람들은 회원권이 있어서 할인이 될 터이고 우리는 25만 원씩 그린피를 내야 되는데 우리 마눌님 실력이 그런 데서 그만한 돈을 주고 칠 만큼이 아니다. 그런 연유도 있고 해서 지난번에 거절했었는데 이번에 또 초청을 하니 고맙기도 하고 걱정도 된다. 그동안 마눌님의 스윙에 많은 진전이 있었어야 하는데 여러모로 불안 초조 우려 반 기대 반 심정이다.

두 번째 초청으로 성사된 이번 커플 골프는 결론적으로 아쉬움이 많은 라운딩이었다. 이번에도 처음 만나게 되는 분들과 조심스럽고 신사다운 분위기에서 치러야 하는 경건한 경기였다고 할 수 있겠다. 오후 2

시쯤 티오프였는데 시간을 잘못 알고 1시 45분쯤에 도착했다. 그 정도면 크게 늦은 것도 아니라고 생각할 수 있지만 점잖은 초면 경기라면 최소 40분 전쯤에는 도착해야 하는 것이 매너라고 알고 있다.

자동차로 이동 중에 그 분들은 미리 와서 어디쯤 오고 있느냐고 문자가 오고 막상 도착해보니 벌써 옷 갈아입고 마중 나와 있었다. 남편 되는 분은 처음 만나는 사이였는데 나보다 나이도 많고 게다가 거창한 개인 사업을 운영하는 법인장님이라는 거다. 물론 인물도 훤하다. 그리고 클럽하우스가 우리나라의 유수한 골프장보다 더 훌륭한 것 같다. 이렇게 고급스러운 곳은 처음이다.

- 장소: Santosa Golf Club, Serapong Course. 파72
- 코스 특징: 전체적으로 고급스럽고 난이도 높음.
- Tee-off Time: 14:04
- 동반자: P프로(개인회사 President)

여기는 해마다 Barclay Open이 열리는데, 한국에서 싱글 친다는 사람들도 100개씩 치고 가는 곳이라고 악명이 있을 정도이다. 그렇다고 그런 말에 기죽을 내가 아니다. 오히려 투지가 불타오르는 걸 느낀다. 이 근거 없는 자신감은 도대체 어디서 나오는 걸까? 급하게 옷 갈아입고 보니 시간이 없어서 퍼팅 연습도 못하고 바로 코스로 투입되었다.

법인장께서 겸손하게 화이트 티에서 시작하자고 하신다. "예, 그렇게 하시지요." 첫 티샷은 똑바로 정확하게 날아가서 페어웨이 한가운데로

간다. 오늘 감이 좋다. 법인장님은 약간 오른쪽으로 밀리고. 다음은 사모님. 약간 빗맞은 샷이 오른쪽 벙크로. 그 다음 우리 마눌님. 아, 이번 주말에는 골프복 한 벌 사드려야겠다. 상대적으로 빈약해 보이는 우리 집사람 복장. 좀 미안해진다.

티샷이 고맙게도 잘 맞아서 약간 오른쪽 페어웨이 가장자리로 떨어졌다. 웬일이냐 싶을 정도로 잘 쳤다. 집사람 세컨샷. 아, 왼쪽으로 심하게 감겨서 벙커로 들어간다. 와이프 칠 때마다 조마조마해서 감탄사가 나온다. 벙커에서는 한 번도 못 쳐 봤는데 휴. 결국 벙커에서 두 번 만에 나온다. 다섯 번째 샷. 오호 잘 맞아서 그린 바로 앞에 떨어진다.

그전에 나의 세컨샷은 그린 약간 오른쪽으로 간다. 집사람 칩샷이 잘 맞아서(초보라 평소 칩샷에 미스가 많다) 그린 한가운데 깃발에서 3m 내리막 퍼팅을 남겨두게 된다. 내리막 왼쪽 경사를 보고 친 나의 칩샷은 짧아서 다시 내리막 경사 4m 퍼팅을 남겨두게 되고. 내리막에 약간의 좌측 경사인데 역시 쉽게 보이지 않는다. 빠른 그린을 감안하여 살짝 친 공이 전혀 브레이크가 먹지 않고 홀 오른쪽으로 한참을 지나가 버린다. 보기. 뭐 크게 나쁘진 않다. 집사람의 퍼팅은 그림같이 홀 컵으로 들어갔지만 트리플 보기.

좀 아쉽지만 그다지 나쁘지 않은 출발이다. 법인장님도 보기. 두 번째 홀에서도 드라이브가 잘 맞는다. 법인장님의 드라이버도 훌륭하다. 사모님도 자세 좋았고, 우리 집사람 차례다. 드디어 실력이 나오는 건가? 두 번째 홀에서부터 집사람이 헤매기 시작한다.

약속이 잡혔을 때부터 집중 연습을 했었어야 했는데 휴우, 집사람 챙기느라 정신이 없어진다. 그 와중에도 집사람은 간간히 경치에 빠져서 집중을 못하고 나는 그런 집사람을 신경 쓰느라 집중을 못한다. 급기야 나도 드라이버 감겨서 물에 빠지고 또 한 번은 밀려서 오비 나고, 전반에 14개 오버했다. 그 중에 무려 더블파가 2개. 망신도 이런 망신이 없다.

후반에도 별반 다를 바가 없다. 물에 빠지고 세컨샷이 오비 나고(아이언 샷에서의 오비는 가장 절망스럽다) 결국 더블보기 2개에 보기 무려 4개. 그나마 168m 파3에서 5번 아이언으로(이 날은 거리도 많이 나지 않는다) 친 공이 깃발 오른쪽 5m 지점에 퍼팅을 성공해서 간신히 버디 하나 낚은 것이 위안이다. 세 번의 버디 찬스가 있었건만 대부분 살리지 못했고 그 중 하나는 절망스러운 쓰리펏으로 보기. 처음 보는 손님 앞에서 망신이다. 합계 93개. 법인장님은 거의 라이프 베스트라면서 87개를 기록한다. 나보고 이곳 골프장에 처음 와서 이렇게 잘 치는 사람은 처음 보았다면서 위로를 한다. "법인장님, 너무 그러지 않으셔도 됩니다."

이번 라운딩은 한마디로 총체적 난국이었다. 조금 부담스러운 자리였고 우리 형편에 무리한 라운딩이었고(엄청 비싸다) 게다가 집사람 실력으로는 기술적으로도 엄청나게 무리한 코스이기도 했다.

또 다시 각성한다. 이제부터 제대로 연습해야겠다고. 그리고 집사람이 잘 쳐야 나도 편하게 칠 수 있다는 사실을 알게 되었다. 게다가 경제적으로 꽤 무리했으므로 당분간은 라운딩을 자제하고 연습에 매진 할 수밖에 없게 되었다.

이번 센토사에서 골프를 치면서 여러 가지 느끼는 바가 있었는데 그 중에서 약간은 우스운 상황에 대한 감상이 떠오른다. 보통 이곳 싱가포르에서 골프를 같이 치는 동반자들로부터 받은 느낌은 한국의 비즈니스 골프와는 또 다른 상당히 느슨한 혹은 그야말로 즐기기 위한 골프를 한다는 것이다. 분위기가 훨씬 덜 진지하다.

주로 반바지를 입고 라운딩을 하고 연중 날씨가 더운 관계로 늘 집에서 얼린 생수병들을 쿨러에 넣어가서 카트에 싣고 다니면서 라운딩 중에 수시로 마시곤 한다. 당연히 카트 운전도 본인이 하고 캐디는 없다. 그래서 이번에도 가방에(보스턴백도 아닌 보통 가방) 반바지를 넣고, 쿨러를 따로 메고 골프장에 도착했는데 먼저 와서 마중 나온 분들의 차림과 깍듯이 인사하는 분위기를 보고는 반바지 입고 나가는 게 큰 실례가 될 것 같았다. 가방과 쿨러를 메고 라커로 들어갔는데 여기 분위기도 격이 다르다. 무엇보다 직원들이(보통 다른 골프장은 라커룸에 직원이 별로 없다) 내 쿨러를 힐끔힐끔 쳐다본다.

대충 눈치를 채고는 입고 간 긴 바지를 그대로 입고 신발과 윗도리만 갈아입고 쿨러는 라커에 그냥 넣어두고 나왔다. 집사람이 왜 물을 가져오지 않았느냐고 한다. 또 바지는 왜 긴걸 입었냐고 묻는다. 하하하, 마눌님 공개적인 질문은 사양하겠습니다.

카트에 타고 보니 골프장에서 준비해둔 듯한 얼음 채워진 쿨러에 물병이 여러 개 담겨서 카트에 실려 있었다. 참 나원. 그렇게 어리바리한 상태로 라운딩을 시작했던 것이었다. 그렇다 쳐도 스코어는 너무 창피했다. 양파를 두 개씩이나 하고 공도 엄청나게 잃어버렸다. 아무리 즐기는 골프를 하려고 마음먹어도 잘 맞지 않는 날에는 마냥 즐겁지만은 않다. 이런 생각을 하니 아직까지 심기가 불편해진다.

얼마 만에 만나는 페어웨이냐

동료들 간의 라운딩이 준비되었다. 골프장 도착은 조금 빠듯했지만 이른 아침의 티박스는 너무나 상쾌했었다. 구름이 깔린 시원한 날씨에 오랜만에 마음 편하게 칠 수 있는 사람들과의 라운딩이라 더욱 즐거웠다.

- 장소: 말레이지아 조호바루 Horizon Hills 파72
- 코스 특징: 한국과 흡사한 고급 골프장. 조경이 뛰어남.
- Tee-off Time: 07:53
- 동반자: 졸리는 눈의 Z프로, 드라이버 좋은 D프로

첫 티잉을 하기 전에 빈 스윙을 힘차게 몇 번 했는데 오랜만에 시원스럽게 휘두르는 거라 너무 기분이 좋다. 그 기분 그대로 티샷을 했는데 어라 훅이 걸려서 왼쪽 언덕 쪽으로 날아가 버렸다. Z프로는 거리는 짧지만 너무도 편안하게 페어웨이에 안착했고 D프로는 약간 오른쪽으로 보냈다.

첫 홀을 보기로 시작한 라운딩이 계속 보기 행진이다. 7번 홀에서야 겨우 파에 성공. 그래도 목욕은 하고 가겠다 싶다. 드라이버는 쭉쭉 뻗어나가는데, 방향이 오른쪽 아니면 왼쪽이다. 전반에 딱 한 홀을 빼고는 페어웨이에 올려본 적이 없다. 두 번째 파5홀에서는 그림같이 맞아서(아마 250m쯤 갔을 것 같다) 그린까지 210m밖에 남지 않은 드문 기회가 왔다. 약간 맞바람에 라이가 별로 좋지 않았지만 3번 유틸리티를 꺼내들고 살짝 쳤는데, 거리가 조금 못 미쳐서 투온에 실패이다. 그래도 버디라도 하자는 생각이었는데 칩샷이 길어서 그린 오버이다. 참 김빠지는 일이다. 다시 시도한 칩샷이 이번에는 내리막을 너무 의식해서 짧다. 결국 투펏으로 보기. 전반에 8보기 1파.

후반은 시작하자마자 더블보기이다. 드라이버는 공을 계속 좌로, 우로, 나무 아래로, 러프로 보낸다. 그나마 아이언이 살려주고 있다. 계속 보기 행진에 파 하나 정도이다. 마지막 파5홀의 티샷이 약간의 드로우가 걸리면서 간신히 페어웨이에 올라섰다. '이게 도대체 얼마 만에 만나는 페어웨이냐' 기분이 좋아서 소고기라도 사 먹을 기세였다. 남은 거리 대략 230m라고 한다. 3번 우드가 있으면 한 번 시도해볼 만한 거리이지만 그 클럽은 버린 지 오래되었다. 7번으로 치고 56도로 잘라서 마무리하자는 작전으로 변경했다.

페어웨이가 너무 오랜만이었을까? 무엇 때문인지 모르겠는데, 힘이 들어갔는지 탑핑이 나면서 공이 낮게 날아서 굴러간다. 그나마 다행스럽게 똑바로는 전진했다. 하도 오랜만에 페어웨이에서 치는 공이라 탑핑이

났다며 다들 즐겁게 떠들며 서드샷을 위해 걸어갔다. 남은 거리 110m. 바람은 약간 훅. 조금 오르막에 중간 핀이다. 피칭으로 좀 세게 친 공이 왼쪽으로 날아가서 깃대 왼쪽 뒷편의 그린에 올랐다. 흠 마지막 홀에서 버디를?

그러나 막상 그린에 가보니 거리도 만만치 않고 오른쪽으로 경사진 내리막 라이다. 자칫 버디가 보기 되는 전형적인 위치이다. 더구나 공은 잔디가 죽어서 울퉁불퉁해진 곳에 놓여있다. 불평하지 말자는 마음으로 담담하게 퍼팅. 아깝게 브레이크가 더 많이 걸린 공은 홀 오른쪽을 살짝 스치면서 섰고 OK 받아서 파. 후반에는 7개 오버. 드라이버가 전혀 되지 않는 상황에서 합계 15개 오버면 크게 나쁘지는 않다.

더러 비도 맞아 가면서 때로는 햇살도 받아가면서 정말 신나고 즐거운 라운딩이었다. 오랜만에 함께 한 Z프로도 엄청 즐거워한다. 다들 가슴까지 후련한 라운딩을 하고 샤워하고 밥 먹고 귀가한다.

여기 골프장 특징이 몇 개 있는데 그 중 한 가지는 남자 캐디들이 꽤 있고 걸어 다니는 사람들도 많다. 특히 골프 후 샤워하기 전에 식사나 맥주를 먼저 하는 사람들이 많다는 것이다. 샤워하고 먹는 게 좋지 않은가? 우리나라는 샤워하고 개운하게 맥주 한 잔 하는 게 당연한데.

달콤한 악마의 유혹

한동안 뜸하다가 요즘 다시 자주 필드에 나가는데 좋은 동반자들의 고정모임이 활성화된 덕분이다. 그런데 워낙 기복이 심해서 요즘은 아예 스코어 신경 쓰지 않고 친다. 이러다가 백돌이 되겠다 싶어서 지난주에는 주중에 두 번이나 연습장에 갔었다. 공을 한 100개 정도 치고 나니 아이언에 감이 좀 오기 시작한다. 그동안 스윙 밸런스가 무너진 이유도 알게 되었고. 그렇게 두 번을 연습장 가서 샷을 나름대로 정비하고 필드에 임했더니 스코어가 좀 나아진다.

지난주 일요일 아침에 라운딩을 갔는데 어쩌다가 먹은 술 때문에 밤에 잠을 거의 못자고 아침 일찍 골프장에 도착했는데 몸도 피곤하고 눈꺼풀도 무거워지고 날도 덥다. 그래도 필드에 나왔으니 이러면 안 된다 싶어서 커피 한잔을 마시고 티박스에 올라갔다. 드라이버 연습스윙을 몇 번 하고나니 정신이 번쩍 드는 것 같다.

첫 홀은 파 5인데 오른쪽 도그랙에 서드샷을 물 건너 언덕 꼭대기의 그린으로 쳐야 되는 쉽지 않는 홀이다. 역시나 티샷한 공이 약간 왼쪽으로 날아갔다. 세컨샷으로 물을 건너도 언덕이 심해서 별로 좋은 공략이 아닌 것 같다. 피칭웨지로 물 가까이 붙이고 7번이나 6번으로 올려야겠다. 피칭을 들고 연습스윙을 하는데 영 어색하다.

심히 불안한데 아니나 다를까 뒤땅이 나면서 공이 한 20m 덜 날아가게 되어서 내리막 언덕에 멈춘다. 피칭이 만만하게 느껴지지 않은 걸 보니 오늘도 좋은 스코어는 힘들겠다.

맘 편하게 즐기는 골프나 하자고 생각하고 있는데, 앞 조가 도대체 그린에서 비켜줄 생각을 하지 않는다. 그 덕분에 5번 아이언으로 한 스무 번 정도 연습 스윙을 한 것 같다. 그린이 비워지고 바로 5번으로 공략을 하는데 아주 살짝 탑핑이 나면서 공이 낮게 깔려간다. 그린 앞턱을 맞고 온그린. 무지하게 lucky한 샷이다.

막상 그린에 가보니 핀 오른쪽 2m에 떨어져 있다. 심한 왼쪽 내리막 퍼팅이고 그린이 좀 빨라서 라이를 많이 봐야 하는데 머릿속으로 공이 그리는 포물선이 선명하게 그린에 투영된다. 이런 날은 퍼팅이 기가 막히는데 아니나 다를까 머릿속으로 그린 그대로 공이 굴러서 버디! 세컨과 서드가 훌륭하지 못했는데도 첫 홀 버디를 하니 무척이나 기분이 좋다.

두 번째 홀은 왼쪽 도그랙 파 4. 드라이버는 막창의 위험이 있으니 우드로 티샷한다. 정말 잘 맞아서 거의 막창날 뻔했다. 6번으로 세컨샷을 하는데 약간 왼쪽으로 탑핑이 나면서 그린을 오버하나 싶었는데 핀 왼쪽 3m에 온그린한다. 또다시 버디챈스인데 오른쪽으로 아주 살짝 내리막이다.

캐디는 왼쪽으로 공 하나를 보라고 하는데 나는 글쎄 하면서 왼쪽 홀컵 안쪽을 보고 쳤다. 아뿔싸, 공이 홀컵 오른쪽을 살짝 빗나가면서 아쉽게 버디를 놓쳤다. 조금 더 볼 걸 하는 생각에 많이 아쉽다. 요즘 공에 줄긋는 도구로 공에다 줄을 3개나 그어 놓아서 공만 똑바로 놓는다면 퍼팅은 본 대로 굴러간다.

세 번째 홀은 파3. 오른쪽은 벙커 왼쪽은 물이다. 그린이 포대그린이라 온그린이 안되면 굴러서 벙크에 빠지던지 아니면 물에 빠지는 아주 고약한 그린이다. 8번으로 가볍게 가볍게 친 공이(조금만 밸런스가 흐트러지면 훅이 나서 죽는다) 거리가 줄면서 간신히 에이프런에 올라갔다. 핀과는 거리가 스무 발자국 정도이다. 아주 먼 거리의 오르막 퍼팅이고 게다가 에이프런이었기 때문에 믿고 있던 공에 그은 줄도 맞추지 못하는 상황이다. 조금 길게 퍼팅한다고 했는데 거리는 제대로 맞았지만 홀컵 오른쪽 20cm. 후한 동반자 덕에 OK받아서 파.

네 번째 파 4홀은 물 건너서 페어웨이는 티박스보다 아래쪽에 있고 왼쪽은 나무 오른쪽은 물이다. 앞 팀들이 많이 밀려서 한참을 벤치에 앉아서 쉬다가 티샷을 했는데 아뿔싸, 고질병인 오른팔에 힘이 또 들어갔다. 왼쪽으로 심하게 감겨서 나무 너머 남의 페어웨이에 안착한다. 이런 경우가 한국에서는 있을 수도 없지만 여기는 이렇게 남의 페어웨이에서도 아무렇지도 않게 플레이 한다. 거리가 125m 정도 남았는데 나무가 아주 높아서 샷을 높이 띄우지 않으면 안 되는 세컨샷이 필요해졌다.

9번으로 공을 뚫어져라 보면서 힘껏 샷한 공이 기가 막히게 나무를 넘어서 그린 앞쪽 에이프런에 안착한다. 동반자들의 탄성이 나온다. 사실 동반자들은 드라이버샷조차도 좀처럼 뜨지를 않고 있다. 이번에도 먼 거리 퍼팅인데 오르막이 그다지 심하지 않은 것 같았는데 한참 못 미쳐서 쓰리펏. 보기다.

5번 홀은 물 건너 파4인데 쉽게 투온. 그런데 아쉽게도 2펏으로 파. 6번 홀은 투온을 못하고 파. 7번 홀은 파5인데 드라이버가 잘 맞으면 우드로 투온을 노려볼 만한 곳이다. 아쉽게도 세컨샷 남은거리 230m. 이 정도면 우드로 모험을 할 이유가 없다. 여기도 왼쪽 앞쪽 다 물이고 오른쪽은 벙커이다. 8번으로 가볍게 물 앞에 떨어뜨려놓고 52도로 그린을 공략을 하는데 전날 유튜브에서 피칭웨지 이하로 어프로치샷을 할 때는 어드레스를 살짝 오픈 하라는 이야기를 듣고는 그 말대로 오픈한 채로 쳤더니 그냥 왼쪽으로 가서 에이프런이다. 퍼팅으로 치기에는 에이프런의 풀이 좀 길어서 내가 아끼는 56도로 글러보려고 했다. 잘못 쳐서 공에 스핀이 없이 한참 굴러가버렸다. 이럴 때는 팔로우(Follow Throw) 없이 공에서 딱 멈춰서 끊어 쳐야 되는데 실수였다. 그리고 2펏으로 보기. 1오버가 되었다. 남은 홀들에서 버디를 해서 적어도 전반을 이븐으로 끝내보자는 아주 터무니없으면서도 말도 안 되는 건방진 욕심이 스물스물 생겨난다.

8번 홀은 170M 파3. 앞에 무려 두 팀이나 대기하고 있다. 할 수 없이 동반자가 싸 온 수박과 사과를 꺼내 먹으면서 대기한다. 동반자는 자꾸 이번 홀과 다음 홀에서 버디를 해서 언더로 전반을 마감하는 게 어떠냐는 아주 달콤한 악마의 속삭임을 천연덕스럽게 내 귀로 흘려보내고 있다. 나도 내심 그렇게 해볼까 하는 터무니없는 망상을 한다.

드디어 오랜 기다림 끝에 티샷. 맞바람이 좀 있어서 5번으로 샷. 아주 잘 맞아서 나가는 공이 바람을 타는 게 보이는 듯싶더니 오른쪽으로 흐르면서 그린 턱을 맞고 벙커에 빠져버렸다. 아이고, 언더는커녕 이븐도 못하겠다. 몹시 실망이다. 벙커샷이 요즘 너무 안 되는데 다행이 벙커에서 무사 탈출. 그러나 2펏으로 보기.

젠장, 기대가 크면 실망도 큰 법이라. 터무니없는 기대를 했던 내가 좀 부끄러워지면서 9번 홀 티샷. 아뿔싸, 또 약간 왼쪽으로 당겨져서 나무 사이로 들어가 버렸다. 잘못하면 그쪽이 언덕이라 굴러서 물에 빠질 수도 있는 상황이다. 가보니 다행스럽게도 물에 빠지지는 않았는데 나무 때문에 레이업이 불가피하다. 그리고는 쓰리온 해서 2펏으로 또 보기. 그리하여 잘 하면 언더로 마감할 수도 있겠다는 허황된 꿈은 날아가고 3오버.

아 무모한 꿈을 잠시나마 꾸었던 내가 부끄럽고 창피하다. 동반자는 후반에는 코스가 전반보다 더 쉬우니 오늘 충분히 싱글 할 수 있을 거라고 독려한다. 잘 하면 언더로 가능하지 않겠느냐고 또 악마의 속삭임을 전달한다. 정말 엄청난 동반자의 달콤한 유혹이다.

시간은 12시를 넘어 가고, 날씨는 자꾸 뜨거워지고 배도 고프고 몸도 엄청 피곤해진다. 후반에도 버디 챈스가 몇 번 있었지만 다 놓치고 피곤과 체력 저하가 집중력 저하를 불러와서 10번 홀 보기 11번 홀 더블보기를 하고 말았다. 그러다가 4홀 연속 파를 해서 아우디를 한 번 그려주고 다시 16번 홀 보기, 17번 홀 더블 보기, 18번 홀 보기로 무려 7오버. 18홀 합계 10개 오버 82개.

다음부터는 체력 좀 길러야 하겠다는 생각이 무척 많이 든다. 술도 더 줄이고 운동은 더 열심히 해야겠다.

부 록_
인터넷 공감

킬리만자로의 백돌이

(『골프유머』, 이찬성 지음)

잃어버린 공을 찾아 산기슭을 어슬렁거리는 백돌이를 본 일이 있는
가? 티샷 공은 어디로 보내고 다 썩은 헌 공만을 찾아다니는 산기슭의
백돌이. 나는 백돌이가 아니라 싱글이고 싶다. 한 번에 올리고 여유 있
게 기다리는 그 싱글이고 싶다. 사무실에선 위대해지고 골프장에서는
초라해지는 나는 지금 어느 오비말뚝 어두운 모퉁이에서 잠시 쉬고 있
다. 야망에 찬 그 필드의 그 햇살 어디에도 나는 없다. 이 큰 골프장 숲
속에 이렇듯 철저히 혼자 버려진들 무슨 상관이랴. 러프에 꼭꼭 숨은
내 공만 찾을 수 있다면야.

새벽같이 왔다가 기분 잡쳐 갈 순 없잖아. 내가 쓸 카드일랑 남겨둬야
지. 돈이야 연기처럼 가뭇없이 사라져도 빛나는 불꽃으로 배판쳐야지.
묻지 마라. 왜냐고 왜 그렇게 높은 곳까지 날리려 애쓰는지 묻지를 마
라. 고독한 남자의 애타는 쪼로를 아는 이 없으면 또 어떠리.

뒷땅 치는 일이 허전하고 등이 시릴 때 그것을 위안해 줄 아무것도
없는 보잘것없는 세상을 그런 세상을 새삼 아름답게 보이게 하는 건 웬

일로 배려해주는 멀리건 때문이라고. 멀리건이 사람을 얼마나 고독하게 만드는지 모르고 하는 소리지.

너는 스트로크를 사랑한다고 했다. 나도 스트로크를 사랑한다. 너는 캐디를 사랑한다고 했다. 나도 캐디를 사랑한다. 너는 돈을 사랑한다고 했다. 나도 돈을 사랑한다. 그리고 또 사랑한다. 화려하면서도 쓸쓸하게 제대로 잘 맞았지만 오비 나서 멀리건 받은 공에 건배!

골프가 외로운 건 돈을 걸기 때문이지. 많은 돈을 거니까 외로운 거야. 점수도 내기도 실력을 요구하는 것. 모두를 건다는 건 외로운 거야. 돈이란 양파가 보이는 가슴 아픈 정열. 정열의 마지막엔 무엇이 있나? 판돈을 잃어도 매너는 후회 않는 것. 그래야 개평 회수 할 수 있겠지.

아무리 깊은 해저드일지라도 해저드 귀퉁이서 나는 날리리. 메마르고 다 털린 지갑일지라도 배판에 한 방 꿈을 접지 않으리. 거친 폭풍우 초목을 흔들어도 훅이나 슬라이스를 두려워하지 않으리. 내가 지금 이 러프를 뒤지고 있는 것은 웬수 동반자가 간절히 공 없기를 원했기 때문이야.

내 공인가 버섯인가, 저 하얀 것 잃어버린 공. 오늘도 나는 가리 골프채 메고. 산에서 만나는 로스트볼과 악수하면 그대로 백돌인들 또 어떠리.

백돌이 주말 골퍼를 위한 수칙

(출처 미상)

1. 잠을 줄여라.

매일 새벽 5시에 일어나 옷가지를 주섬주섬 챙기고 무조건 직장 근처의 연습장으로 달려가 80분 연습하고 샤워하고 일찍일찍 출근하면 차 막히는 시간에 연습 40분 더 할 수 있고 지각도 절대 안 해서 "요즘 달라졌네!" 소리 듣고 매일 연습해서 좋다.

2. 티를 내지 마라.

사무실에서 골프 스카이를 들여다본다든가, 화장실에서 어깨를 풀면서 스윙연습을 한다든가, 골프 관련 액세서리를 책상위에 둔다든가, "이사님, 얼마 치세요?"라는 쓸데없는 질문을 한다든가 하면서 직장에서 골프 친다는 소문이라도 나면 그때부터 끝장이다.

평소에 "땅도 좁은 나라에서 무슨 골프야! 이런 사치 운동" 등등 골프 험담을 자주 한다. 그리고 아무도 모르게 매일 매일 새벽 연습을 하고 있다가 기회만 되면 스크린 치고 주말만 되면 퍼블릭으로 날아가도 모두들 등산간 것으로 안다.

3. 더 열심히 일해라.

2주 연속으로 골프 치고 월요일 출근하면 죽어라고 8시간 풀로 남들보다 열심히 일을 해야 "역시 자네는 자신의 일을 열심히 끝내는군" 소리를 듣는다. 평소에 일을 더 열심히 하고 상사에게 잘 보이다가 조용히 자리를 비우는 백돌이들은 절대로 욕먹지 않는다.

4. 쓸데없는 지출을 줄여라.

수입은 정확하게 일정한데 갑자기 늘어나는 지출. 연습장비용 22만 원, 퍼블릭 비용 40만 원, 라운딩 비용 50만 원. 한 달에 120만 원이 후딱 날아간다. 다른 지출을 마구 줄여라. 테니스, 볼링, 등산, 낚시 등 다른 취미는 모두 때려치우고 점심은 구내식당에서 때우고 저녁 회식은 공짜만 참석. 동료들과 한 잔할 시간에 야근하고 있으면 "요즘 정말 열심히 일하네. 달라졌어!" 소리도 듣고, 돈도 아낄 수 있다.

5. 차 안에 모든 준비를 늘 하고 다녀라.

언제 기회가 올지 모른다. "어이! 박 과장. 내일 어디 거래처에 다녀오지 그래?" 앗! 찬스! 다음날 새벽에 퍼블릭으로 달려가 9홀 끝내고 샤워하고 거래처 가서 일 보고 다시 사무실로 잽싸게. 늘 차 안에 모든 준비가 되어 있어야 한다.

6. 골프 클럽은 중고로 제일 좋은 것으로 마련하자.

골프 스카이 아울렛, 옥션 사이트, 골프 전문점 등등 최대한 이곳저곳 뒤져서 제일 싸지만 그래도 제일 좋은 놈으로 한 세트 장만한다. 중고면 어떤가? 평생 쓸 놈들이고 직장인이 돈 좀 아끼자는데. 카드로 긁고 12개월 할부. 캐디백, 보스턴백까지 모두 함께 챙겨서 같이 산다. 제일 좋은 놈들을 싸게 싸게.

7. 볼은 막볼을 써라.

볼 하나가 헤저드로 날아가면, 통닭이 한 마리 날아간 거다. 최대한 경비를 아끼려면 역시 막볼을 사서 쓰는 것이 좋다. 한 개에 500원, 50개 사면서 깎으면 한 개 400원도 가능하다.

살 때도 볼 하나하나 자세히 보면서 한 번 치고 막볼이 되버린 놈들, 고맙게도 새 것을 꺼내서 오비 날린 분들 것을 산다. 골프샵 주인이 인상을 쓰면 양말도 몇 개 사주고. 라운딩 끝나면 잃어버린 볼 개수를 세어 본다. "휴! 오늘도 몇 만 원 굳었네." 그리고 집에 들어가면서 통닭 한 마리 사가지고 들어간다. "돈 굳고, 아내에게 칭찬 듣고."

8. 평일 정모에 꼬박꼬박 나가라.

회원권도 없이 직장인이 주말에 예약하기란 하늘에 별 따기. 한 달에 한 번이라도 월차를 내서 반드시 평일에 있는 동호회, 동문 골프 모임

등 정기 모임 날짜에 맞추어 꼬박꼬박 나간다. 단! 그날 비가 오면 잽 싸게 사무실로 나가서 "월차를 못 쓰겠네요. 일이 바빠서"라고 하면서 일에 몰두한다. "요즘 많이 달라졌어. 어이, 김 과장! 다음 주에 월차 내고 쉬어!" 하는 소리 나올 때까지.

9. 주말 라운딩 기회는 하늘이 두 쪽 나도 놓치지 말자.

무조건 참석한다. 평소에 열심히 칼을 갈아둔 것을 유감없이, 후회 없이 쳐야한다. 한 샷 한 샷 내일 지구가 끝나는 기분으로 열심히 친다. 이 날은 평소에 아껴 모아둔 돈 아끼지 말고 열심히 먹고 열심히 마시고 직장인의 스트레스를 모조리 푼다.

그리고 집에 들어갈 땐 반드시 아내에게 줄 과일을 사가지고 간다. 그러려면 잘 쳐서 따야지, 암.

10. 혼자 출장가면 늘 골프 준비를 하라.

혼자서 출장을 가는 것처럼 좋은 찬스는 없다. 모든 골프 준비를 해서 간다.

보통 주말 이전에 돌아오게 되는 일정을 연장해서 골프를 치거나 일을 열심히 해서 끝내놓고 치거나. 동남아, 미국, 호주 등 해외 출장이면 아예 하루는 골프를 칠 것으로 생각하고 간다. 출장 가서 일도 잘 끝내고 골프도 치고.

11. 삶과 인생을 늘 생각하라.

직장에서 일만 하다 보면 잊어버리는 자신의 꿈, 가족, 인생, 삶의 목표. 티샷하고 걸어가면서 하늘 한 번 보고, 숲도 한 번 보고, 코스 전경도 한 번 보면서 자신의 꿈을 다시 끄집어내고 인생의 목표를 다시 생각한다.

백돌이보다 못 치려면
이렇게 스윙하라
(출처 미상)

1. 젖 먹던 힘까지 써서 스윙하라.

2. 팔과 어깨를 100kg짜리 역기 들듯이 뻣뻣하게 굳히고 스윙하라.

3. 벌떡 머리 들며 스윙하라.

4. "골프가 무슨 춤인가?" 리듬, 박자 무시하고 스윙하라.

5. 리듬은 무시하면서 히프는 라틴댄스를 추듯 백스윙엔 우로 씰룩, 다운스윙엔 좌로 씰룩 스웨이하면서 스윙하라.

6. 헤드업하지 않는다면서 위 아래로 업 앤 다운 몸을 출렁이며 스윙하라.

7. "오른손으로 임팩트 해야 거리가 나지." 스윙 내내 오른 손만 사용하라.

8. 백스윙 톱에서 가슴을 하늘로 향하게 하라.

9. 왼쪽 손목 착착 구부리며 퍼팅하라.

10. 거울 한 번 안보고 "내 스윙이 역시 젤 멋져." 연습장에서 옆 사람 레슨하라.

심각한 백돌이의 골프와 인생

(출처 미상)

골프는 모두를 바보로 만든다. 어리석은 인간이 가지는 야욕과 탐심의 한계를 절감하게 만든 골프라는 운동은 플레이어로서의 즐거움보다 굴욕과 수치를 견뎌 내는 과정을 더 많이 가르쳐줬다.

그렇다면 절망과 허무, 자포자기가 반죽이 되고 때론 자학의 감정에 미쳐버리게 만드는 골프를 왜 떠날 수 없는 것일까? 그것은 내일은 더 잘할 수 있다는 믿음과 기대감을 버릴 수 없기 때문이다.

연습장에서 깨달음을 얻었다는 희열을 맛보지만 그것이 착각이란 것을 24시간 미만에 깨닫고 순식간에 비참해진다.

잘잘못을 가려줄 심판이 없는 대신 매너와 에티켓이 무섭게 도사려 끝없이 양심을 핍박한다.

흔히 골프를 인생에 비유한다.

골프에서 속인 사람은 일상생활에서 반드시 속인다는 진리를 가르쳐주고 단 한 번의 라운드에서 초면인 동반자의 품성과 인성을 한순간에 알게 하는 소름끼치는 무서움이 가득하다.

단정하건대 세상에서 골프보다 더 인성과 품성을 적나라하게 드러나게 만드는 운동이나 행위는 없다.